ファン文庫

とりかえばや陰陽
はぐれ検非違

著　遠藤遼

マイナビ出

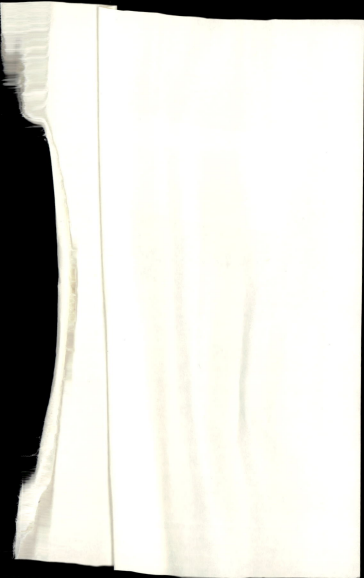

目次

序

平安京にかかる満月が欠けていく。

月蝕《げっしょく》だ。

蝕の光は、凶である。

徐々に闇に侵食される月の光から身を守ろうと、宮中では帝を守る菰《こも》を張り、貴族たちも帳《とばり》に隠れ、庶民も家の中で物陰に息を潜めていた。

けれども、凶を恐れて闇に隠れるのは愚かなことだ。

狼の声がする。

都の南の朱雀《すざく》門も、東寺《とうじ》と西寺《さいじ》の仏塔も、蝕の影に浸《ひた》されている。

生あたたかい風に、蝕の凶から帝と宮中と都を守る読経が低く轟《とどろ》いていた。

宇治川の響きにも似たその音に、ぺちゃくちゃとしゃべる声が交じる。

おうおう、男はいないか。

おうおう、女はいないか。

童《わらべ》や媼《おうな》はいないか。


読経を嘲るように、あるいは低く、あるいは高く、声がする。

人の声ではない。人ならば不敬で不遜だが、人でないならなお戦慄《せんりつ》すべきことだ。

声の主は人外であり、狐狸《こり》妖怪であり、鬼どもである。

蝕がすっかり月を喰《く》らった。

女の悲鳴がする。助けを乞う男の声がする。

月の消えた都をあやかしどもがわがもの顔で闊歩《かっぽ》する。

――百鬼夜行《ひゃっきやこう》が来たのだ。


ぬるい夜風に顔をさらしながら、三浦貞頼《みうらさだより》は太刀《たち》を抜いて吠えた。

「怯《ひる》むなッ。われらは平安京の検非違使《けびいし》。都の非法と違法をことごとく誅《ちゅう》するためにいるのだッ」

太刀を異形のあやかしに振り下ろす。形容しがたい声を発して、小鬼のごときあやかしの顔面が砕かれた。

百鬼夜行が女を攫《さら》い、男を喰らっている。

検非違使の貞頼は、わずかな部下とともに都を巡回している途中で、その現場に遭遇したのである。

見つけた以上、捨ておけぬ。

かくして貞頼は鬼どもに挑みかかった。

こちらは貞頼を入れて四人。鬼どもは数えきれぬ。

文字どおり百を下らぬかもしれない。

だが、人ならぬあやかしの好きにはさせられなかった。

貞頼の部下たちが彼にならおうとして、みな逆に襲われている。

「貞頼さま、貞頼さまァッ」

まだ若い部下の悲鳴に、貞頼が反応した。

「あやかしッ。俺の部下に手を出すなッ」

黒の狩衣《かりぎぬ》を翻して太刀を一閃《いっせん》させる。が、あやかしはひらりと身をかわす。

貞頼が舌打ちするあいだにも、あやかしどもは執拗に貞頼の部下に襲いかかった。

赤い狩衣姿の部下たちの悲鳴が夜闇を引き裂く。

貞頼は憤怒の表情で百鬼を一瞥《いちべつ》し、手近にいる屈強な大鬼を認めた。

身の丈は大柄な貞頼でも遥かに見上げるほど。顔は残忍な笑みに彩られ、全身の肉が巌《いわお》のように盛り上がり、うねっている。

「そこのでかぶつッ」

大鬼が振り返り、割けるほどに口を開く、笑っていた。貞頼は太刀を振りかぶって、迫る。大鬼は避けない。避けないかわりに、貞頼の太刀に噛みつき、これを噛み砕いた。

「なっ……!?」

大鬼は干し魚を貪るように太刀を噛み砕いている。

貞頼は戦慄した。

その一瞬がいけなかった。

大鬼が拳を握りしめ、貞頼の顔をしたたかに殴りつける。

衝撃。顔面を殴り飛ばされ、吹っ飛ぶ。土塀に背中をぶつけ、止まった。鳴動するような鼻血。口腔《こうくう》に血のにおいと味がした。

「貞頼さまっ」と部下が助けに入ろうとする。

「痴《し》れ者ッ。来るなッ」

まともに動ける部下は、もはや助けに入ろうとしたひとりしかいなかった。

大鬼が天に咆哮《ほうこう》した。狼が吠えるように。熊が獲物を仕留めるように。

間違いなく、こいつは俺を殺しにくる——。

「へ、へへ……」

折れた太刀の柄を握りしめて立ち上がろうとしたときだった。

白い光が天から射した。

月の蝕の終わりが始まったのだ。

貞頼らも百鬼たちも、天を仰ぐ。

刹那《せつな》、清らかな声がした。

「――急急如律令《きゅうきゅうにょりつりょう》」

その声とともに、白い紙切れが燕《つばめ》のように飛び込む。細長い短冊のような紙に、文字とも文様ともつかない複雑な線が描かれている。

呪符か、と貞頼が目を見張ったときだった。

大鬼の脳天に呪符が落ちた。鳥が羽を休めるように。

閃光――。

あなや、と貞頼がまぶしさに顔を伏せる。

大鬼の絶叫。光が弱まって、目を向ければ、ただの紙切れの呪符がぎりぎりと大鬼を押し潰していた。

「あなや」と貞頼が繰り返す。

上体の潰れた大鬼が、どうと倒れた。

その向こうに、冴え冴えとした月の光を浴びてすらりと立つ、白い狩衣の人物がいた。狩衣に焚《た》きしめられているのであろう、白梅を思わせる気高い薫香が貞頼に届く。

「ぬるい」

と、童のような小ぶりの、桃色の唇が言葉を発した。

切れ長の目、夕顔のような白い肌、整った鼻筋。白皙《はくせき》の美貌を、復活しつつある月光が強く照らしだしていく。

白い狩衣の男は懐から扇を取り出し、顔の前に広げた。

「その業《わざ》……。陰陽師《おんみょうじ》か」と貞頼がつぶやいた。

陰陽師とは、中務省陰陽寮《なかつかさしょうおんようりょう》に属する者どものことだ。陰陽道と呼ばれる呪術と占術の体系を学んでいる。これらは世界の成り立ちを陰陽五行――木・火・土・金・水の五原理に求め、その五つが互いに強め合う相生《そうしょう》と排斥し合う相剋《そうこく》という関係性で説明するものだった。さらに陰陽師たちは時の心を読む暦道と、天の心を読む天文道を修めている。

これにより、人と事物のあらゆる吉凶と行く末を占する。吉凶を読めるとは、「吉を取り、凶を捨てる」という兵法を示せることを意味した。

そのような未来予知的先見力とともに、陰陽師に期待された働きがもうひとつあった。

魔を祓《はら》う役目である。

悪鬼を調伏《ちょうぶく》し、怨霊を封じ、生霊を返し、病念を撃退する――。

いま、まさに白い狩衣の陰陽師がしてみせたものがそのひとつだった。

「ぬるい」と白皙の陰陽師は同じ言葉を繰り返した。

「どういう意味だ」

貞頼が問い返すが、答えより先に、百鬼夜行のあやかしどもが新しい獲物を――それも仲間を殺した敵を求めて、美貌の陰陽師に襲いかかる。

あぶない、と加勢しようと貞頼は脚に力を込めるが、目まいがして膝をついた。

扇をかざした白き陰陽師が月の光のなかで、微笑む。

その陰陽師は木の葉のように軽やかに舞い上がると、殺到するあやかしどもの頭上を飛翔し、宙返りした。あやかしどもが互いにぶつかり合う。白の陰陽師はふわりと地面に降り立った。

白い狩衣と扇がくるりくるりと独楽《こま》のように回る。

「急急如律令」

扇に隠れた陰陽師の口から呪《しゅ》がつぶやかれ、呪符が飛んだ。

そのたびに、あやかしどもが翻弄され、駆逐されていく。

「すげぇ……」

貞頼は感嘆した。白い狩衣を揺らしながら百鬼夜行を蹴散らしていくさまは、宮中で催される舞よりも優雅で、近頃の人々が好む今様《いまよう》よりも力強い。

怜悧《れいり》な白の陰陽師が貞頼に呼びかけた。

「おぬし、検非違使か」

「そ、そうだ。検非違使大志・三浦貞頼」

大志とは、四等官における主典《さかん》に当たり、官位ならば正八位下に相当する。

「そうか」となんの感慨もなさそうな声で告げた。「わたしは陰陽師・安倍菊月《あべのきくつき》」

美しい名だな、と貞頼が口に出す暇もなく、菊月が再び宙を舞った。

いままで菊月のいたところを、新しい大鬼の棍棒《こんぼう》が過ぎ去った。

「ぬるい」

三度までそう言って、菊月はついに笑った。

「なにがぬるいのだ。まさか、俺たち検非違使に言っているのか」

菊月が優雅で清げなまなざしをこちらに向ける。

「ふふ。まだ元気なようですね。――百鬼夜行にしてはぬるいと言っているのですよ」

流麗な語り口のまま、菊月は手近なあやかしを蹴りつけた。ぎゃっ、という声とともににあやかしがもんどり打って倒れる。

「おぬしは陰陽師だから、あやかしになれているだろうが」

「そうではありません。こやつらはあやかしではないと言っているのです」

「なんだと!?」

貞頼は顔をしかめた。

「まことの百鬼夜行であれば、検非違使に手加減などしないでしょう」

「手加減だと?」

「よく見てください。おぬしの部下たち、怪我《けが》はしているが命に別状はない」

貞頼が近くの部下に駆け寄る。ひどく血が出ているように見えたが、どこかを喰い破られたような痕跡はない。

菊月の言うとおりだった。

安堵《あんど》する一方、当然の疑問が湧く。

「では、こやつらはいったい――」

「人でないものでないなら、人でしょう」

「人でないものでな……あ?」

ややこしい言い方に貞頼が聞き返したときだった。

菊月が扇を持った左手を横にまっすぐ伸ばす。右手は人差し指と中指をつけて伸ばした刀印と呼ばれるかたちにして、唇の前に立てた。

東海《とうかい》の神、名は阿明《あめい》。
西海《さいかい》の神、名は祝良《しゅくりょう》。
南海《なんかい》の神、名は巨乗《きょじょう》。
北海《ほっかい》の神、名は禺強《ぐきょう》。
四海の大神、百鬼を避《しりぞ》け、凶災《きょうさい》を蕩《はら》う。

「――急急如律令」
秘呪が終わると同時に、左手を頭上にかざす。扇を閉じ、気合いとともに振り下ろす。
瞬間、菊月の扇から白い閃光がほとばしった。
貞頼が「あなや」と目をきつく閉じる。
だが、ほんのわずかな呼吸の間だけですぐに目を開いた。
すると、そこに信じられない光景があった。
百鬼の群れと思っていた眼前のあやかしどもの姿が変容している。ある者は背が伸び、ある者は背が縮み、何体ものあやかしが重なってひとつになっていく者もいた。

気づけば、山刀を背負った盗人が数十人、京の大路に突如出現していた。

貞頼が目を見張った。

「これは――」

「ただの盗人どもがあやかしの振りをして狼藉《ろうぜき》を働いていたということです。――誰かが呪を悪用して」

呪の解けた盗賊どもが、訳がわからないというようにきょろきょろしている。

「盗人どもとなれば、本格的に俺たち検非違使の出番ではないか」

身体のあちこちが痛んだが、貞頼は腹に力を入れた。鼻血はもう止まっている。

だが、人数差がありすぎる。

菊月は扇を軽く寄せて、口元を隠した。

「左様。だから、応援を連れてきました」

と、菊月が左手をすらりと天に伸ばし、振り下ろす。

それを合図に、土塀の向こうから大勢の赤い狩衣が出現する。

検非違使たちだった。

月の光に照らされる白き陰陽師を中心に、赤の検非違使たちが盗人どもを包囲していく。

奥から少し年上の男が現れ、にやりと貞頼に笑いかけた。上役である藤原泰時《ふじわらやすとき》である。

「貞頼。ひとつ貸しといてやるからな」

「偉そうに言わないでください。昼間、いつもぼんやりしているあなたを支えてるのは、俺でしょ」

検非違使と盗人たちの乱闘が始まった。


突如出現した検非違使団に、盗人たちは浮き足立っている。

貞頼も身体の痛みを堪《こら》えて立ち上がり、盗人たちの捕縛に向かう。

「無理しないほうがよいですよ」

と菊月が冷ややかに助言してきた。

「悪人を目の前にして寝ていられるか。そもそも俺は、蝕を恐れて小さくなっている人たちを襲う不届き者がいないか、見回りのために来たのだからな」

そのあいだにも、貞頼は手近の盗人ひとりの腕をひねりあげている。

「ふむ。おぬしは蝕の光は怖くなかったのですか」

「凶とされていようと何であろうと、目の前で人々が乱暴狼藉に遭ったほうがよほどに寝覚めが悪い」

「他の検非違使どもは蝕の光の凶に恐れをなしてなかなか動いてくれませんでしたが、そやつらとは違うようですね」

「感心してくれるなら、捕縛に力を貸してくれよ」

と次の盗人を蹴り飛ばしながら、貞頼が言った。

菊月は、検非違使と盗人の衝突から一歩引いたところに立っている。檜扇《ひおうぎ》で口元を隠している姿が、あいかわらず美々しい。

「わたしの仕事は呪です。それにおぬしらの仕事を取っては悪いでしょう」

「戦では人数が多い方が有利だって知らないのか」

と文句を言う貞頼のそばに、泰時が来た。

「やめておけ。あれは陰陽寮の秘蔵っ子。別格なのだよ」

「ほう」

「二年前に没した安倍晴明《せいめい》の再来とか言われているそうだ」

そう言われるとからかってみたくなるし、悪態もついてやりたくなる。

「はっ。ご自慢の白い狩衣が汚れそうなことはしたくないです、とでもおっしゃるのですかね」

「聞こえていますよ、黒いの」

菊月が平板な声で言い返す。

「聞こえるように言ったんだ」

「それだけ元気なら助けなくてもよかったか。――ほら、左からまた来ますよ」

「だから、わかってんなら手を貸せッ」

検非違使と盗人の格闘が続く。

貞頼と菊月の言葉の応酬も続いた。

装束の白さはともかく、自分たちのような戦いは苦手だろう、と貞頼は納得している。ゆえに、菊月と騒ぎながらも、そのそばには盗人たちを近づけないようにしていた。

ために、多少手こずった。

手こずったが、盗人たちを鎮圧できた。

菊月の言ったとおり、収めてみればあやかしなどどこにもいない。

縄で戒められ、ひとつところに集められた盗人たちを確かめながら、貞頼は周囲を見回した。

菊月がいない。

「さっきの陰陽師がいないみたいですが？」

「帰ったのだろう」と泰時が答えた。

「帰った？」

「悪鬼調伏は陰陽師の仕事だが、盗人の捕縛は検非違使の仕事だからな」

「道理ですが……どこへ帰ったのですか」

「さあ……。陰陽寮か、自邸か。まあ、あまり関わらないほうがいいかもしれないぞ」

「どうしてですか」

泰時が眉をひそめ、声も潜めた。

「何しろ、兄弟子殺しと言われているからな」

「兄弟子殺し……？」

「そんなことより、こいつらを引っ立てるぞ」

貞頼は唇を舌で軽く湿らせた。

引っ立てるのは他の検非違使でもできる。

が、あの菊月を追えるのは自分しかいない――。

その考えに達すると貞頼はふらりと大路を離れた。

――陰陽寮か、自邸か。

「自邸だな」と貞頼は踏んだ。

根拠はない。勘だ。自分なら、帰ってもう寝る――。

黒の狩衣が京の路に消えていった。


三浦貞頼は、曲がりなりにも検非違使である。

役目柄、貴族の邸宅のほぼすべてが頭に入っていた。

そのなかに「安倍菊月」の邸宅はない。あるのは「安倍晴明」の邸宅だけだ。

安倍晴明。言わずと知れた陰陽寮の実力者だ。賀茂《かも》家直系の賀茂光栄《かものみつよし》と並び称される陰陽師。朝廷における主だった貴族たちからの信任も厚かった。陰陽寮の長である陰陽頭よりも位階が上というのだから大したものだ。もっともそれは、殿上にあがるために必要な位であり、左大臣以下の公卿《くぎょう》たちとは比べるべくもないのだが……。

主計寮に異動して主計権助を務めるも、事あるごとに呼び出されては陰陽師としての力を披露していたが、惜しいことに二年前に逝去していた。

その晴明と同じ「安倍」の陰陽師。しかも「秘蔵っ子」とはいとをかし。

「そんな男、聞いたことがないからな」

安倍晴明の邸宅は一条にあった。

京の都は帝を中心にすべてが構成されている。

帝の住まう内裏《だいり》を、さまざまな省庁などが囲んで大内裏となり、さらに朱雀大路《すざくおおじ》を中心に東西南北に道が走って碁盤の目のように家々が甍《いらか》を連ねていた。

高御座《たかみくら》に南面する帝から見て右にあたる西側を右京、左にあたる東側を左京と呼ぶ。

都はその立地ゆえに右京の土は湿っているため、名のある貴族たちはこぞって左京に邸宅を構えた。

都の南北東西いずれも内裏に近い場所ほど、高位の者たちで占められている。

そんな貴族たちの邸宅のなかに一条はあり、安倍晴明は邸宅を持っていた。

周りを見れば左右大臣の一族の邸宅や、帝やその后たちが使う里内裏などの立ち並ぶ中に、だ。

この一事を取ってみても、安倍晴明がどれほど重用されていたかがわかった。

晴明没後も邸宅が陰陽頭によってそのままにされていたのを不思議に思っていたが、事情が読めたように思う。

おそらく、安倍菊月は晴明宅に住んでいるのだ。

もう一度会ってやろう。

会ってどうしたいという考えはない。ただ、もう一度顔を拝んでやりたくなっただけだ。

貞頼が月光を頼りにやってきてみれば、晴明邸の門は固く閉ざされている。

あたりまえだ。

貞頼は鬢《びん》を掻《か》きながら左右を見た。

「土塀でも乗り越えてやろうか」

そのときである。

かすかにきしむ音がして、邸の門が開いた。

貞頼が相好を崩す。

「ほうほう。名のある陰陽師も、戸締まりは甘いときがあると見える。――こんな夜中に門が開いているのは物騒ですぞー。検非違使がなかを確認しますぞー」

貞頼、勝手なことをひとりで言いながら門をくぐった。

……陰陽師ではない貞頼は知らない。普段であれば、この邸の門はいまは亡き安倍晴明が使役していた式という目に見えぬ存在によって厳重に守られていることを。

それが、このように門を開いて貞頼を招き入れたとは――。

式の主である晴明並みの力を持つ誰かがわざと、式たちを休ませていたにほかならないということだった。

「誰か」と小さく呼びかけてみるが、邸から返事はない。

中門廊の柱に、ねずみが一匹いた。

貞頼とねずみの目が合う。ややあって、にやりと貞頼は笑った。

「ちょと、おまえ、つきあえ」

と、貞頼はねずみの尻尾をつまみあげる。ねずみが鳴いてじたばたした。

「少し静かにせよ。おまえであの美男な陰陽師を驚かせるのだから」

貞頼はねずみを狩衣の懐にしまう。

これから起きることを思い浮かべて、貞頼はにやにやが止まらなくなっていた。

さて、あの白皙の陰陽師どのはどこにいるか……。

邸の中は静かだった。みな寝ているのだろう。

まるで初めての女の邸を訪ねているみたいだと、妙に興奮する。手引きの女房もいないのが、ますます興奮する。

あちこち忍び歩いて、ほのかに明かりが漏れている間を見つけた。

抜き足差し足で近づき、覗くと、白い狩衣が座している。

菊月だった。

いくつかの調度の品に囲まれ、脇息《きょうそく》を使ってくつろぎながら杯を傾けている。

酒でも飲んでいるのか。これから驚かされるとも知らず、のんきなものだ――。

「ふう……」と菊月が息をついた。

きめの細かい白い肌の菊月だが、酒で頬が桃色になっている。まなこをややとろりとさせて、うっすら微笑みさえ浮かべている姿は天人を思わせた。

菊月の楚々《そそ》たるさまに貞頼の動きが止まったときである。

貞頼はふと、その間のにおいに鼻が動いた。

菊月の狩衣に焚きしめられているさわやかで奥深い白梅のような薫香の奥に、違うにおいがあった。間のなかを食い入るように見るが、菊月以外には誰もいない。

その異なるにおいの元は、ねずみではない。自分の薫香でもない。

なぜならそれは、いまこの場にあってはおかしなにおい——若い娘のにおいだったからだ。

「このにおい——どうして若い女のにおいがするのだ」

思わず声に出た。

「え？」と菊月が慌て、こちらに気づく。「おぬし、さきほどの黒いのではないか」

菊月が腰を浮かせる。その拍子に、風が吹き、においが一層濃くなる。

貞頼は確信し、指さした。

「おまえ……女なのか？」

菊月が真っ赤になる。

「き、き、貴様、なにを――っ!?」

先ほどまでの雅《みやび》やかな様子はどこへやら、菊月の声が裏返っていた。

貞頼も驚愕《きょうがく》した。

驚く貞頼の狩衣から、仕込んでいたねずみが転び出た。

灰色の小さなねずみが、板張りの間で菊月を見あげる。

その瞬間。

「きゃあああああっ」

絹を裂くような声が響き渡った。

またしても驚かされた貞頼が耳を塞ぐよりも早く、次の変事が起こった。

菊月の烏帽子《えぼし》が外れたのである。

この時代、男が烏帽子や冠を外した姿をさらすのは衆目に裸をさらすよりも恥ずべきこととされていた。

眠るときも、女人と肌を合わせるときも、外さない。

その烏帽子が外れてしまった。

その瞬間――菊月の頭部から絹のようにつややかでなめらかな黒髪が、牡丹《ぼたん》のように咲き広がったではないか。

どのようにしてあの小さな烏帽子に収めていたのかはわからない。しかし、まるで黒絹を風のなかに放ったように、光沢のある美しい髪が踊っている。

みどりの黒髪に覆われた菊月の顔は、先ほどまでの切れ長の目をした白皙の陰陽師ではない。まごうことなく美姫の素顔。儚《はかな》いほどに繊細で楚々とした美貌の姫君だった。

背中に垂れる美しい黒髪をさらし、目尻に涙をたたえながら、菊月はこちらを恨めしげに見返している。

「ああ……」

やりすぎたか、と思うよりも、貞頼は目の前の情景に心を奪われた。

さほどに美しかった。美しすぎた。

そう思ったのもつかの間――。

「無礼者ッ」

貞頼の頬が音高く鳴った。

……安倍晴明の再来と言われる安倍菊月の正体は、花も恥じらうばかりの麗しい乙女。

その「秘密」を知ってしまった貞頼に、菊月の平手打ちが炸裂《さくれつ》したのだった。

第一章　白き陰陽師と黒き検非違使

一

京の夏が終わろうとしている。

陽射しはまだ暑いが、空は高くなり、雲は秋の顔をしはじめた。

大内裏にある陰陽寮の奥で、陰陽頭《おんようのかみ》・賀茂光保《みつやす》がにこやかに人を待っている。

すでに老境の光保がこのような笑みを見せるときはろくなことがない。そう知っている配下の陰陽師どもは、彼の視界に入らないようにこそこそと仕事をしていた。

ほどなくして、静かな足音が近づいてくる。

足音は光保のいる間の前の簀子《すのこ》で止まり、形ばかりの一礼をした。

「安倍菊月、参りました」

表が白で裏が青という卯花《うのはな》の重ね色目も涼やかな、白い狩衣をまとった菊月である。

白を楽しむ夏の重ね色目の種類は限られるが、秋になればぐんと増えるのを密かに楽しみにしていた。

それはそれとして、いま、菊月は端整な顔を惜しみなく仏頂面にしている。

「おやおや、ひどく不機嫌そうだな。菊月」

「陰陽頭にはお心当たりがあるのでは？」

光保は白髭《しらひげ》をなでながら、わざとらしく宙を仰いだ。

「はて、何があったかなぁ」

身につけている狩衣は黄に青の青唐紙の重ね色目。皺顔《しわがお》をさっぱりと照らすようでよく似合っているが、いまの菊月には素直に褒める気にもならない。

「心当たりがありすぎてわかりませんか」

「かか。口が悪いのぅ。蝕は菊月の活躍で無事にやり過ごせた。盗人どもを捕らえられたと、検非違使別当どのから感謝の言葉もいただいたというに」

別当とは検非違使庁の長だ。

蝕の夜の百鬼夜行騒ぎから数日がたっている。

菊月が間に入った。

「あの日、わが邸の式に、陰陽頭が強《し》いて休みを与えた件について、まだご説明いただいていませんが」

おかげで侵入者に気づかず、あまつさえ女の身であると見抜かれ、さらにはねずみに悲鳴をあげて烏帽子を落として、黒髪をさらしてしまったのだ。

怒りとも恨みともつかぬ気持ちが収まらない。

「かか。蝕など滅多にない。式たちとて見物したかったのだろうよ」

「式はそんなことしません」

「かか」と、光保がまた短く笑った。

「食えない親父だ」

と菊月が小さく毒づく。

「何か言ったか」

「いいえ。何も」

光保が菊月を覗き込むようにしながらつづけた。

「悪鬼、生霊、病念、もののけ――そのような、あやかしとも言える『この世ならざるもの』をわれら陰陽師は感得する。だが、それらの発生源は、常に『この世』だ」

不意にまじめな話になる。この崖のように厳しい緩急にはなかなかなれるものではないのだが……。

「この世への執着や未練などが生きる人間の生霊を生み出して他を苦しめ、死してのちは極楽に行けずに悪鬼やもののけとして彷徨《さまよ》う。この世でしのぎを削り合う自他を害する念《おも》いは病念となり、自他を蝕《むしば》む。——「そういう意味ですね」

そういう意味だ」と光保が満足げにする。

人はひとりで生きていけないが、他がいることでぶつかり合い、そこに悪が生まれる。すべてはこの世に機縁している。ゆえに僧たちは御仏《みほとけ》の教えとして「この世は無常であり、苦であり、ゆえに無我である」と説くが、人である以上、この世で生きていくしかない。

この世を去るのは死のときだけ。さもなくば、人でなくなったときだけだ。

「けれども、人がこの世で生きるがゆえに、人と人の間に喜びがあるのも事実。川の石同士がぶつかって丸くなるように、人の魂はこの世でこそ磨かれる——これもまた真理かと」

光保がにやりとした。

「よくわかっている。さすがだ」

「で、今度は何を企《たくら》んで、わたしを呼んだのですか」

「ふむ？」

「陰陽頭がご機嫌で高尚な話をするときは、だいたい何か腹に一物あるときです」

「人聞きの悪いことを言う」

「人聞きが悪くなるように言っているのです」

「そのように恨みがましいと、あやかしどもに狙われるぞ」

「そのときは自分で祓います」

菊月、まだ先の夜の一件を根に持っている。

光保は小さく苦笑して、髭をなでた。

「この世を縁としてわれらの仕事が発生するなら——それは検非違使たちとも相通じるところがあるのではないか」

「は？」

光保になれている菊月だが、話が急に見えなくなった。

「検非違使はこの世の罪人を追捕し、捕縛し、都を護《まも》る。その言い方にならえば、陰陽師は、この世ならざるものたちを追捕し、捕縛するとも言える。ゆえに、だ。両者が手を組むことで、内裏と京の都をこの世からとこの世ならざるところからの二面より護る試みをすることになった」

要するに、検非違使と組めと言っているらしい。

「なるほど」と菊月は無表情に相づちを打った。「いとをかしな試みですね」

あたりさわりのない言葉で菊月はすませておきたかったが、光保はさらりと恐るべきひとことを投げつけてきたのである。

「陰陽寮からはおぬしを出すことになった。菊月」

「は？」菊月の声が裏返った。「どうしてわたしなのですか」

「わしが選んだ。不服か」

「わたしは中宮さまや左大臣さまにも呼ばれる身。すでに十分忙しいのです」

「それはそれ。これはこれだ。それにこれは左大臣さまからのご命令ぞ」

「身体がいくつあってもたりません」

「はっはっは。冗談がうまい」

菊月は整った頬をひくつかせた。少しは話を聞いてほしい。

だが、光保が聞き分けてくれたことは一度もない。

「まったく……どうして――」

「もちろん、左大臣さまの独断ではない。主上からも『大いに期待している』とのお言葉を賜ったと仄聞《そくぶん》している」

「主上から……」

主上、すなわち帝の言葉を出されたら、もはや何も言えない。

「内裏と都を護るというのは、陰陽寮の目的とも軌を一にする。ならば、こちらが精鋭を出すのは当然だろう」

「…………」

無理難題を押しつけるくせに、菊月を「精鋭」と持ちあげてみせる。とことん食えない人物だと思う。

と、光保が声を低くした。

「おぬしなら男の場所にも女の場所にも踏み込みゆける。わかるだろ？」

菊月が男装の麗人であることを知っているのは、菊月本人を除けば陰陽寮には光保しかいない。朝廷でも、帝と中宮のみが知っている秘密である。

男の身でなければ役人にはなれず、当然、陰陽寮に所属できないからだ。

生まれながらに菊月が持っていた陰陽師としてのすぐれた才能を生かすための苦肉の策である。

菊月は懐から檜扇を取り出して小さく開き、口元に寄せた。

「お役目となれば、粛々とやらせていただきます」

「期待している」という光保の笑みを軽く無視して続ける。

「ところで、わたしは誰と組むことになるのでしょう」

光保は小さく手を打った。

「お。そういえば、そのことはきちんと聞いておらなかったな」

たぶんこれは嘘だ、と菊月が睥睨《へいげい》すると、光保が言った。

菊月と組むこととなる検非違使の名は、三浦貞頼という、と。

二

菊月は陰陽寮を出て検非違使庁に向かった。

検非違使庁は平安京の左京一条二坊七町にある。つまり、陰陽寮のある大内裏の外だ。

移動には牛車を使った。

気持ち、速さをあげてもらっている。

自分と組むという三浦貞頼に会いに行くためではない。貞頼を知っている他の検非違使に会い、どのような人物かを知っておきたいからだ。

それも秘密裏が好ましい。

三浦貞頼といえば、先日、菊月の邸に忍び込み、ねずみをもって菊月を恐懼《きょうく》させ、その素顔を暴きたてた極悪人。そんな人物と一緒に働くなど、天の道理にかなわないと思われた。

「もしかすると正式な任命の前で、検非違使の長である別当との交渉次第では別の人物になるかもしれない」

そんな願いも持っている。あるいは同姓同名の別人かもしれないとも期待している。勢いで検非違使庁に来てしまったが、いざ着いてみると緊張しはじめた。

光保が語るまでもなく、陰陽寮と検非違使庁では職掌が違いすぎる。接点がない。知り合いは、いない。

蝕の夜の出来事は、百鬼夜行の振りをする盗人などという手の込んだ真似をする者がいたから、同じ相手に陰陽師と検非違使が立ち会うことになった。普段であればそんなことはない。

蝕は天文の事物であり、天文は陰陽師の告げるところだから、大義名分となった。ゆえに「蝕に変事あり」と乗り込めばよかったし、そのような名分があるので菊月も心強かったのである。

たまたまその場にいた検非違使佐・藤原泰時が話のわかる人物だったのも幸いした。

「どうしたものか……」

牛車から降りたものの、検非違使庁の門前で菊月は秀麗な顔をゆがめている。

当然、声がかかる。

「ここは検非違使庁だが、どのようなご用でしょうか」

門を守る若い使部《しぶ》だった。自分より年下だろう。身なりも薫香も悪くないが、いわゆる下級貴族が務める雑用の役人で、どの省庁にも配されている。

「あー……わたしは陰陽寮の者なのだが、三浦貞頼という方は」

その名を出すと、若い使部はかすかに苦笑した。

「貞頼さまはたぶん、お出かけだと思います」

「失礼ながら、三浦貞頼という人物はひとりですか」

「？　もちろん、ひとりですが」

不思議そうな顔をされた。同姓同名の期待が崩壊する。

「貞頼どのといえば、黒い――」

と言いさすと若い使部が勝手に続けた。

「ええ。黒い狩衣をいつも着ていて。暗い気持ちになってしまいますよ」

「重ね色目の優美さもない……」

「一応、黒の下には二藍《ふたあい》や縹《はなだ》のような濃い色を合わせているようですけど、そんな色目、聞いたことないですからね」

「まったく。そのくせ口はよく回る」

「別当も手を焼いていますよ」

年若く、しかも下級役人の使部にここまで言われる男とは……。

「別当どのまで……。検非違使佐の泰時どのも同じように困っておいででしょうね」

と菊月が話を膨らませようとすると、若い使部がさらに苦笑を深める。

「泰時さまも、まあ、アレですけど」

「アレとは……？」

「昼間はぼーっとしている感じで。日が沈んだ頃から元気になってくるので、泰時は夜の守りにはよいのだと別当がいつもかばっています」

なるほど。そういう人物だから蝕のときにきびきび対応してくれたのか。

だが、いまは貞頼だ。

「ほかに貞頼どののことで気になることはありますか」

ここで初めて、若い使部が怪訝《けげん》な表情を見せた。

「なぜそのようなご質問を……？」

「あー。今度どうやら内裏がらみで少し関わるようでして」

相手がどこまで知っているのかわからないので、遠回しな言い方になる。

「それは、お役目で何か関わりがあるということでしょうか」

「そんなところです」

するると、若い使部は残念そうな目を菊月に向けた。

「たいへんですね……」

その後、そばを通りかかった検非違使数人に、貞頼について聞いてみたが、みな一様に生あたたかいまなざしを向けてくるばかり。

貞頼と関わるとは、かわいそうに。うまくやればなんとかなるでしょう。思いついたら行動する男ですから。陰陽師なら、いざとなれば貞頼を調伏してはどうでしょう――。

話を聞くほどに、菊月は頬がひくつくばかりである。

「なんかこう、よいところはないのですか」

欠点ばかりでは検非違使、それも曲がりなりにも大志の官位にはつけないだろう。親族に有力者がいたために稀《まれ》に起こる「除目のまちがい」も、ないとは言い切れないだろうが……。

菊月がことさらに水を向ければ、みなひとつくらいは貞頼の美点を挙げてくれた。

「貞頼は馬並みに走り回る。猪《いのしし》より速いらしい」

それが唯一の美点だという。

みなが口をそろえて同じことしか言わないのだった。

菊月は、むなしく陰陽寮に戻った。

行く前よりも気分がくさくさしている。

陰陽寮に入って、菊月は天を仰いだ。

「組む相手を代えてくれと交渉するのを忘れていた……」

そこまで話を進める余裕もなかったと言うべきか。

嘆く菊月に、陰陽寮の使部が「戻られたら自分のところへ来るようにと、陰陽頭さまがお申し付けでした」と告げた。

「陰陽頭が？」

嫌な予感しかしない。

逃げようかとも思ったが、すでに奥から「菊月、戻ったか？」と光保の声がした。

光保の間の前の簀子で「戻りました」と一礼をすると、「急に出ていくからまた何かあったのかと思ったぞ」と光保の声がした。まあ、何かあったというか、何かあってからでは遅いと思ったからといおうか……。

「今度はどのようなご用件でしょうか」

と言って頭を上げた菊月は、格子の陰になる場所にもうひとり座しているのに気づいた。

誰か、とその男の顔を見る。

菊月は軽い目まいを覚えた。

大志の位を表す深縹《こきはなだ》色の束帯を着た三浦貞頼が、にこやかな顔で座っていたのである。

先日は夜であったためぼんやりとしかわからなかったが、凜々《りり》しい顔をしていた。肌の色は白く、黙っていれば公卿の子弟のふりができるかも知れない。ただ、その目と表情がダメだ。目は何かを探るような色で、いたずら盛りの童を思わせる。表情も、先ほど「にこやか」と評したが、こちらを値踏みするような嫌らしい笑みだと、菊月は心のなかで訂正した。

検非違使という役目柄か、黙っていれば全身から独特の精悍《せいかん》さのようなものが束帯を着ているのににじみ出しているように感じられる。そのうえ、身につけているのは束帯といっても武官束帯――動きやすい闕腋袍《けってきほう》だが、矢壺や緌《おいかけ》はない――である。けれども、この笑みはいただけない。粗野で軽薄な男に無理やり昇殿のための束帯を着せたというのがまるわかりだった。おかげで、致命的に束帯が似合っていない。

菊月は、狩衣の懐に右手を潜ませていた自分に気づいた。身体が勝手に、隠し持っている呪符を放って、この男を調伏しようとしていたらしい。

菊月は心を励まして、右手から呪符を離した。

陰陽頭・賀茂光保の横にいた貞頼が、威儀を正して深く頭を下げ、言上する。

「検非違使庁大志・三浦貞頼です。このたび、左大臣さまの命により、陰陽寮と合力することになりました。よろしくお願いします」

それだけで終わればいいものを、貞頼は、「ははは。菊月どの。息災であったか」と手を振りながら朗らかに笑いかけたのだ。

朝廷の特命を受けての役目の挨拶、しかも初めて訪問する場所でかような軽薄な振舞いをする人物を、これまで菊月は知らない。

悪夢だ、と思った。

菊月、頬がひくついている。

どのように答えようかと思案する間もなく、光保が、「なんだ、おぬしらふたり、旧知の仲であったか」などと言うではないか。

「ぬけぬけと……」

「何か言ったか、菊月」

「いいえ。何も」いつか必ず光保に呪をかけてやりたい……。

「いやいや陰陽頭さま。俺と菊月どのは旧知というか――」

「お黙りください」

滔々《とうとう》と自慢げに話し出しそうな貞頼にぴしゃりと言ってやる。

「そんなつれないこと言わないでくださいよ」などと、貞頼はへらへらしていた。

「そういう問題ではありません」

光保は脇息にもたれて、笑っている。菊月の懊悩《おうのう》を鑑賞しているに違いない。

「いまこのときこの場から、ふたりは協力して帝と都を守護するように」

貞頼が意気揚々の面持ちで一礼した。

菊月は表情を消して静かに一礼する。

そういうことになった。

三

菊月と貞頼は陰陽寮を出た。

「いやぁ、今日も暑いですね」

と、貞頼が夏の終わりの陽射しに目を細めている。ご丁寧に、右手を額の高さにあげて庇《ひさし》を作って、きょろきょろやっていた。

下品だな、と思う。

「そうですね」と菊月は短く答えた。表情はあくまでも冷静に、静かに、を心がける。人間、最初に会ったときの印象は大きい。すでに菊月の中で貞頼の最初の印象は最悪の領域に達している。ゆえに、いちいち癇《かん》にさわるようだった。

太陽はすでに南中をすぎている。

「先般もそうでしたけど、菊月どのはそういう白いのがお好きなのですか」

「そんなところです」

「俺は、いまは深縹の束帯ですが、黒というのが好きで」

「そうですか」

「あの黒の狩衣というのは特別に作らせたんですよ。夏は暑いですけど、身が引き締まります」

「黒は束帯で身につけますから十分です」

貞頼が数歩先に歩き、菊月を覗き込むようにする。

「もしかして何かご機嫌斜めでいらっしゃいます？　せっかくお役目をいただいたのですから仲良くしてくださいよ」

軽く言い放った貞頼に、菊月が立ち止まった。

「役目役目とあまり言わないでください。それでは秘密の意味がなくなります。それから、往来でそのようにべらべらしゃべるの、みっともないからやめてください」

お、と貞頼が周りを見る。「たしかにみんな静かですね。検非違使庁だったらこのくらいの声の大きさが普通なんですけどね」

「検非違使庁で荒くれどもを押さえつけているときならともかく、ここは大内裏です。周りを見てそれにふさわしい立ち居振る舞いをしてください」

「はあ」

「そのようにしなければ、周りに信頼してもらえません。信頼してもらえなければ、その人が困っているとき力になってあげられません」

貞頼がはっとなる。「気をつけます」と貞頼が殊勝な顔をして見せたが、一瞬のことで、すぐに目尻を下げてあれやこれやと話しかけてきた。やっぱりわかっていない。

「あと、もう少し静かにしてください。人としゃべりすぎると法力が漏れるのです」

「そうなのか」

「仏教の修行でも聖黙があるでしょう。僧たちは沈黙し、心を見つめて、智慧《ちえ》を蓄えているのです」

「へー。物知りですねぇ。もっといろいろ教えてください」

「だから、そういうところですっ」

貞頼が首を引っ込める。

しばらくは静かになった。

だが、続かなかった。

貞頼という男、沈黙に耐えられない性らしい。

「それにしても、菊月どのはどうしていつもそんな格好を——ごふっ」

菊月、無言無表情で貞頼のみぞおちに肘をいれた。

ゆったりした白い狩衣の袖なので、他の者からはそれとわからない。

「そのこと、二度と言うな」

凄《すご》む菊月は、美麗なぶん並の男よりよほどに迫力がある。

「わ、わかった……」

「そのことは、陰陽頭とわたししか知らぬこと。言ったら呪をかける」

「わかったって。——それにしても、陰陽寮というのはすごいところなんだな」

陰陽寮の西側は中務省。律令に定められた八省でもっとも重要な省であり、帝の補佐の中心となるところである。詔勅の宣下、叙位などの朝廷に関する職務全般を担っている。ゆえにその長である中務卿は、しかるべき親王が就くことになっていた。

陰陽寮の南には太政官府《だいじょうかんふ》がある。いわずもがな、律令における最高機関だった。実態としては左右の大臣が政を動かし、太政大臣はある種の名誉職で常任ではないが、ないがしろにしてよいものではない。

何より、陰陽寮から見て北側に、帝のおわす内裏がある。

近さで言えば太政官府よりも陰陽寮のほうが帝に近いともいえた。

かたや、検非違使庁は大内裏の外にある。

貞頼のような検非違使たちは、なかなかこのように内裏に近づくこともままならない。

「まあたしかに陰陽寮は内裏に近いですね。このような場所には、都に住んでいてもそうそう近づけないかもしれません」

「ああ、そういう意味ではない」と言って、貞頼はくるりと後ろを向き、いま出てきた陰陽寮をまぶしげに眺めやった。「この陰陽寮という場所は、なんかこう、ぴーんとなってしゃきっとしてる」

「ふむ？」

菊月はほっそりした白い指を顎に添え、目をすがめて貞頼を見た。内裏を臨みながらこの感想。こやつはただ粗野で軽薄なだけなのか。それとも……。

「うん？　何か俺は変なことを言ったか」

「言ったかもしれません。言っていないかもしれません」

「陰陽師というのはややこしい言い方をするのだな」

「ややこしい事柄を扱っていますから。——たとえば、どこぞの検非違使のお守りをせねばならないとか」

「俺にお守りはいらぬ」

「どうでしょうか。とにかく行きますよ」

「行くって、どこへ？」

「決まっています。内裏です。——ああ、参内するなら束帯に着替えねば」

と言って歩き出そうとした菊月に、貞頼が右手を突き出して止めてきた。

「ちょっと待ってくれ。内裏だって？」

「陰陽師というのはそういうものですから」

あくまでも帝を護り、帝に仕える公卿たちを護るのが陰陽師のあり方である。天文学や暦学も、最後は都の守護のために積み上げられた体系とも言えた。

現に今回の命も、「検非違使と力を合わせて帝と都を護れ」とされているではないか。

ところが、貞頼は目を泳がせた。

「内裏……内裏……」

「どうしたのですか」

貞頼は両手を広げた。「俺、深縹なのだけど――」

「そうですね」と頷《うなず》いて、あることを思い出した。「深縹で大志……八位、ですね」

束帯は朝服であり、位袍《いほう》と呼ばれるように官位相当の位色が設けられていた。このような決まりは古く、聖徳太子による冠位十二階から始まっている。

「一応、正八位下だ」と貞頼が訂正した。「菊月どのは？」

「わたしですか。わたしは従四位下です」

貞頼が固まった。

「従四位下……検非違使別当と同位ではないか」

「蔵人頭《くろうどのとう》や近衛中将も同じ位ですよ」

「あ、あのぉ……どうしてそのような高い位を……？」

貞頼の声がややうわずっている。

「わたしは宮中に出入りする身です。内裏に参内するだけなら五位以上であればよかったのですが、主上の面前に侍したり、公卿たちに天文の見立てを奏上したりしなければいけないから、特別に従四位下を賜り、しかも昇殿を許されたのです」

菊月がことさらに何事もないような目つきで涼しげに言うと、貞頼が「ということは、いわゆる殿上人ということか」と尋ねてきた。

そもそも昇殿とは、内裏の清涼殿《せいりょうでん》の南廂《みなみびさし》にある殿上の間に昇ることを指す。これは本来、公卿でなければ許されていなかった。

公卿とは太政官の高官たちで、太政大臣や左右の大臣以下、参議までの者、もしくは従三位以上の非参議を指す。

だが、四位以下でも帝の勅許《ちょっきょ》があれば、その御代一代限りながら昇殿が許された。彼らは公卿ではない四位以下の者で昇殿を許されるという特権的性格ゆえに、殿上人と呼ばれた。そこから蔵人職にある者を除いて雲上人と称することもある。

つまり、菊月は殿上人であり、雲上人だった。

「そうです」と、これまた秀麗な顔に特別な感情を見せずに頷く。

さあ、貞頼よ、どうする。これまでの無礼の数々を謝罪でもするか——?

ところが、貞頼は予想外の反応を見せはじめた。

殿上人とわかった瞬間こそ、貞頼は恐れおののいたように見えたが、どういうわけか顔に喜色が広がっていくではないか。

「お、おお……」

「『おお』?」

貞頼は破顔し、跳びあがった。

「おお！　すごいのだな、菊月っ」

「『菊月』？」

どうしてそこで呼び捨てになるのか——と思ったら、急に両肩をばんばん叩かれた。

「そうか、そうか。そんなすごい奴《やつ》だったのだな。それで、俺も参内できるようにしてくれるのだな」

「は？」

「昇殿まで許されるのかな。俺も殿上人になれるのかな」

貞頼が満面の笑みで尋ねてくる。

「待って待って。どうしてそうなるのですか？」

「だって、菊月の力で俺を参内できるように取り計らってくれるんだろ？」

「え？」

「え？」

貞頼と菊月は顔を見合った。互いに呆《ほう》けている。

「わたしにそんなことできませんよ」と菊月。

「けど、俺たちで宮中も都も護るんだろ？」

菊月は頬がひくついた。

「おぬし、昇殿どころか参内の許可も得ていないのですか」

「検非違使大志ひとりで参内の許可なんてもらえるかよ」

「開き直るなっ」

菊月は踵《きびす》を返した。

陰陽寮に戻って光保に文句を言うためである。

四

貞頼の参内許可の件については、菊月が強く抗議し、なじり、理詰めで追い込んだことで、光保が対応することになった。

だが正直なところ、菊月はまだ安心していない。

おう、そうだったか。さて、どうしたものか。そうかりかりするな。ま、たしかに向こうよりこちらからのほうが話は通しやすいだろうな。ではひとつ、わしから掛け合っておこう。——そんな光保の言い回しに一抹の不安を覚えるなというほうが無理だ。

「まったく、あの親父、ほんとありえない……」

朱雀大路を牛車に揺られながら、菊月はぶつぶつ文句を言っていた。

「まあまあ。そんなにかりかりしたら、せっかくのきれ……端整な顔立ちがもったいないだろ」

菊月の向かいに座っている貞頼がなだめる。

「いったい誰のためにわたしが気をもんでいると思っているのですか!?」

「それは、感謝している」

「『かりかり』だなんて、あの親父みたいなことを言わないでください。それと『きれい』とか言いかけましたよね!?」

「だってしょうがないだろ!?　実際にきれいなんだから」

菊月は頬を赤らめた。だがこれは羞恥のためではなく、怒りのためである。

「そういうことを言わないでくださいと言っているのですっ」

「わかったって！　だけど……俺はおぬしが女だとわかってしまっているから」

「それ以上言うなら、あらゆる手段を用いておぬしとの合力を解消させますっ」

この時代、裳着《もぎ》をすませた女人が顔をさらすのはごく親しい身内か結ばれた男に対してだけとされていた。

その点でも、菊月の振る舞いは信じがたいものであったし、だからこそ人々は――どれほど菊月が白皙の美貌を誇っていたとしても――女だと思わないのであろう。

だが、貞頼は菊月の正体を知っている。

どうしても女が――それも絶世の美女が顔をさらしていると意識してしまうのだ。

「俺はどうしたらいいんだよ」

「わたしのことはちゃんと男として扱ってください！」

「女の格好ではダメなのか？」

「女の身では女官女房にはなれても、官人にはなれません。百歩譲って女のまま官人になれたとしても、重い装束を引きずっては儀式も調伏もままなりません」

「儀式や調伏……」

「わたしには陰陽師として天賦の才がありました。『安倍』の姓を継ぐにふさわしいだけの才が。それを生かすのが、この世に生をお許しくださった仏神への報恩です」

「それで『男』に？」

「そうです」

牛車がはねた。小石でも踏んだようだ。

「もったいないよなぁ。それだけきれいなら後宮に入ったほうがよほどに……あ、いまのは嘘！　謝る！　ほんとにすまない！　だから、懐からあやしげな札を取り出さないでくれ！」

「まったく……」と菊月は放とうとした呪符をしまった。

貞頼が牛車の物見から外を見て、目を輝かせる。

「牛車から見た風景というのはこういうものなのだな」

話題を変えようとしているのか、単に子供なのか、とにかく貞頼は物珍しそうにしていた。

「せっかく楽しんでいるところ悪いのですが、もう少しして五条大路に着いたら、牛車を降りるつもりです」

都は東西南北が碁盤の目のように道が走る条坊制をとっている。北端を東西に走る道を一条大路、南端の道を九条大路としているから、五条大路は都を南北に分けたときの半分の位置にあたる。

しかも、いま牛車を使っている朱雀大路は、都の東西の中心部分を南北に走る道だから、五条大路のあたりは、土地としては平安京の中心に相当する。

「降りてしまうのか。昇殿を許されている者たちは牛車しか使わないのではないのか」

「公卿たちはそうでしょうが、わたしは公卿ではありません」

「牛車に乗るのだって、俺たちのような位の低い者には許されないことだ。それに、ある程度の貴族ならば牛車に乗らないで徒歩で歩くなどもってのほか、というではないか」

菊月は物見にもたれるようにしながら外を見やって、「だから面倒くさいんだよな……」とつぶやいた。

「菊月……？」

「左大臣からの命は都の守護。旅をするなら牛車もよいが、自分の足で歩いたほうが気軽にどこへでも行けます」

「まあ、牛車なんかで市を覗かれても、みんな本当の姿は見せてくれないかもしれないしなぁ」

貞頼も、少しはまともなことを言うようだ。

「そもそも、人間は誰しも仏神の前では平等ですから」

「だが、現に位の高下はいかんともしがたいぞ」

「それは人間の作った位です。仏神が見ているのは、生きている人間の心と行いでしょう？」

するど貞頼はさわやかな笑みを見せた。

「なるほど。わかった」

「何がわかったのですか？」

「菊月がいい奴だということがわかった」

「は？」

「俺も実は緊張していたんだよ。もう信じていないけどさ、『兄弟子殺し』だなんて悪い噂《うわさ》を聞いてたからさ」

言ってしまって、貞頼が口を押さえた。

「…………」

「いや、違うんだ。いまのは——」

「そうですよ」

と、菊月が氷のような声で言った。

「え？」

「わたしは『兄弟子殺し』です。——おぬしも気をつけたほうがいいですよ」

菊月は冷たく貞頼を見つめた。

「兄弟子殺し」——そのように陰で言われていることは知っているし、もうなれている。

あのときの自分は兄弟子を見捨てた。

その次に見た兄弟子は、自分の腕の中で息絶えていた。

菊月はじっと貞頼を見ている。

貞頼は何か言いかけて一度やめた。そのあと鬢を掻いて、何度か頷いた。

「うん。うん。わかった」

「何がです？」

貞頼が役目を辞退するというなら、それもいいと思う。

「人間、長く生きていればいろいろあるさ」と、貞頼は軽く言った。

「わたしはまだ二十歳です」

「俺と同い年か。二十年でも十分いろいろあるさ」

「……簡単に言うんですね」

まったく褒めていないのだが、貞頼はうれしそうに笑った。

「『仏神が見ているのは、生きている人間の心と行い』なんだろ？　同じようなことは、あちこちの僧侶どもから聞いたことはある。けれども、菊月の言葉には力があった。自分でその言葉を生きているという自負みたいなものがあった」

「…………」

「つまり、いまの言葉を菊月が信じ、恥じることなく裏表なく生きている、あるいは生きようとしているのがわかったということさ」

菊月が嘘を言っているのではないとわかったということだろう。多少、上からものを言われたような気がしないでもないが。

「それは重畳《ちょうじょう》。だが、わたしはおぬしに呼び捨てにされるのを許した覚えはないのですが」

「えー。やっぱりダメか？　八位と四位では差があるからか」

「そういうわけではありませんけれども……」その点は、つい今し方、菊月自身の言葉で否定したばかりだ。

「ならば、よいではないか。おぬしと俺はこれからふたりでひとつの槍《やり》のように戦わねばならぬのだろ？」

菊月は目を見張った。だが、訂正する。「ひとつの槍ではありません」

「え？」

「矛と盾です」

「どちらが矛で盾だ？　それに、それでは〝矛盾〟ではないか」

「ま、『菊月』と呼ぶのは大目に見てやります。ただその大声と軽薄な笑みをなんとかしてください」

牛車が止まった。五条大路に着いたのだ。

五条大路からは徒歩になり、牛車は帰らせた。菊月が清げに歩を進め、そのあとを貞頼が続く。

六条大路で東に折れた。そこまでに貞頼と菊月の何人かの知り合いとすれ違う。

「これは……東市《ひがしのいち》に向かっているのか。悪い奴がいるのか」と貞頼。

「知りません。ただ、今日は十日だから、市が立っていますから」

「なーんだ。見回りということか」

「地味でしょうが、大事なことです」

東市は大宮大路と七条大路に面する一角に開かれる官営の市のことである。同様に、西大宮大路と七条大路に面するほうには、西市《にしのいち》が開かれる。開催は月のうちで分けられていて、一日から十五日までが東市、十六日から三十日までが西市とされていた。

「こちらから大宮大路に抜けて北側から市に行くのだな。——それにしても、菊月はすごいのだな」

「今度はなんですか？」

「おぬしに敬意を持って目礼をしていく者ばかりだ」

「陰陽寮に関係した者たちや、わたしが出入りしている貴族の家人たちですね」

「おー」

「わたしは陰陽寮のなかでもそれなりに一目置かれていますから。主上や后たち、左大臣や右大臣などから占や調伏の相談が来たときには、だいたいわたしも出ます」

「ほー。やはりすごいのだな。偉い偉い。――お、美人がいるな」

　多少の自負を込めて言ってやったのだが、この検非違使はあまり感銘を受けなかったようだ。軽薄検非違使め。

「――もっとも、おぬしを見たあとにわたしを見て、ひどく奇異なまなざしを向けた者たちもいたようですが……」

「あー、俺の知り合いだな。検非違使だったり、検非違使が世話した者たちだったり。俺が菊月のような美じ……美形と一緒にいるからだろう」

「………………」菊月、静かに睥睨する。

「呪符はやめてくれよ!?　あとは俺がこんな格好だからではないかな」

　と、貞頼が両手を広げた。大内裏からそのまま来ていたのだが、貞頼は深縹の束帯のままだった。普通、束帯は下襲の裾が長いので徒歩での外出などできたものではないが、武官ゆえに身長同寸の纔着《さいじゃく》なのでできることである。ちなみに、菊月は純白の狩衣姿である。

「いつもはあの黒いのを着ているのですか」

蝕の夜に貞頼が身につけていた漆黒の狩衣のことである。

「そうそう。さっきも言ったけど、あれ好きなんだ。――あの格好を俺がしていたら、菊月と俺とでちょうど白と黒。なかなか見栄えがいいよな」

「あのですね――」

菊月がどう返事をしようか考えたときだった。

市のほうから悲鳴じみた声が聞こえてきた。


痩せた男がひとり、市の家屋に叩きつけられた。

売り物の干し魚があたりに飛び散る。

悲鳴。どよめき。怒号。

「腐った干し魚を売って、大きな顔をするな」

と言っているのは、狩衣姿の若い男だ。眉はやや太く、目つきが鋭い。きちんとした織物でそれなりの貴族子弟だと窺える。

「く、腐った干し魚など売っておりませぬ」と痩せた男が抗議する。市の者たちは売り手も買い手もみな遠巻きに見守るばかりだった。

気づけば老若男女、童まで見物している。

「腐っているから腐っていると言っているのだ」

と、貴族子弟が地面に落ちた干し魚を蹴散らす。

「おやめくださいっ」

「黙れ。庶民の分際で、この俺に指図するか——あっ」

突然、貴族子弟がのけぞった。その右腕が背後に回されている。

「はいはい、俺、検非違使ね。お貴族さまの乱暴狼藉、やめてもらおうか」

貞頼だった。軽口を叩くようにしながらも貴族子弟の背後に回り込み、その腕をねじあげたのだった。

「貴様、俺を誰だと思っている⁉　それに、悪いのはその男のほうだぞ‼」

と、その貴族子弟が身をよじって叫べば、貞頼が怒鳴り返した。

「うるせえ‼　ここはみんなの市だッ。文句があるんだったら、牢《ろう》のなかでたっぷり吠えさせてやろうか。ああ⁉」

迫力が違う。

貴族子弟はすぐに力を抜いた。

「わ、悪かった。謝る。謝るから牢だけは勘弁してくれ」

「ああ⁉　『謝る』？　そうじゃなくて、『謝ります。ごめんなさい』だろ⁉」

貞頼が腕をさらに強くひねれば、貴族子弟はしおらしくなり、泣きださんばかりになる。

「謝ります！　ごめんなさい！」

「最初っからそう言えばいいんだよ。——ちゃんと銭を払ってここから出ていけ」

菊月が口を挟む暇もない。

貞頼が放すと、貴族子弟は腕をかばいながらも連れの従者に命じて対価の銭を支払わせた。騒ぎで地面に落ちた干し魚も含めてすべての商品の対価である。

貞頼が黙って見ていると、かってにイロをつけて銭を払っていた。

貴族子弟が這々《ほうほう》の体《てい》で立ち去る。

周りを取り巻いていた群衆たちが拍手喝采した。

その声に「どうも。どうも」と貞頼が挙手で応えている。特にきれいめの女人には入念に。店の主人も「ありがとうございました。貞頼さま」としきりに礼を述べていた。

「これではどちらが狼藉者かわからないですよ」

と、群衆の輪から抜けだした菊月が、喜色満面の貞頼に苦言を呈する。

「市を護るっていうのはこういうことさ」

「もう少し品のあるまとめかたはできないのですか」

「品なんて別にいいではないか。この場を収められたのだし」

　菊月はため息を漏らし、さらに尋ねた。

「……なぜあの貴族を放免したのですか」

　貞頼が鬢を掻く。「面倒だからさ」

「面倒？」

「この程度のもめごとはしょっちゅう起こる。そのたびに捕縛していたら、牢はとっくにあふれかえってしまうから」

　菊月が眉をひそめた。

「だからといって、悪人を見逃してよい法はないでしょう」

「ちゃんと毎回懲らしめている」と貞頼が言えば、助けてもらった痩せた男が、「市の者で貞頼さまに助けていただいた者は数多くいます」と相づちを打った。

「しかしな……」

　と菊月が口をへの字にしていると、貞頼が片頬をゆがめた。

「あいつは貴族だろ？　本人は若く力を持っていなくても、親なり親戚なりが有力貴族に連なっている可能性もある」

「まあ、内裏に出入りできる貴族の八割以上は『藤原』姓ですからね」

「そういうのが出てきたら、話がこじれる。検非違使庁に圧力をかけてくる奴もいる」

「…………」

嫌な話だ、と思った。だが、わかる話でもある。陰陽師だって、貴族たちのあいだの利害調整がうまくいっていれば、仕事の半分はなくなるように思う。

けれども、悪を見逃してよいとは思えない……。

貞頼が意味深げな笑みを見せた。「それなら多少の罪なら放免してやって、弱みとして握っておいたほうがあとあと使えるだろ?」

菊月は出かかった言葉を飲みこみ、目を白黒させた。やはり、この男のやり方は好きになれない。

「したたかですね」

かろうじてそう言うと、貞頼は朗らかに笑った。

「はっはっは。市場でのもめごとは日常茶飯事。罪人の刑の執行場所もあるし、検非違使にとっては勝手知ったるというところで、ここなりの収め方があるってことさ。菊月にはわからんかもしれぬが」

「ええ。気にくわないです」

「これが検非違使の実力ってものさ」

そんなことを話していたときである。瘦せた男が声をかけてきた。

「貞頼さま。お話し中のところ申し訳ございません。どうも売り物の干し魚、四つほど数が減っているようなのです」

「あの貴族が持っていったのか？」

「いいえ。あの男はうちの干し魚をいっさい買おうとしませんでしたから」

「ふむ……。どさくさに紛れて誰かが盗ったか……？」

貞頼が顎に手をあててあたりを見回した。

先ほどまでの見物人たちは三々五々と散っている。

「貞頼さまのおかげで、先ほどの貴族からの銭が手に入ったので商売として困ることはないのですが……」

「そうもいかない。こういうのはきちんとしておかないと。『あの店は干し魚を盗めるなどと噂が立ったら目もあてられない」

「それでございまして……」

貞頼が周りの者に聞いてみるが、もうすっかり人が入れ替わっていてはかばかしい話は聞けなかった。

「ふふふ――」

「何がおかしい。菊月」

菊月は艶然と微笑んでいる。

「検非違使の実力とやらも大したことがないものだなと思いまして」

「なんだって？」

「その場その場を騒ぐだけではなく、広く見ておけということです」

「どういう意味だ？」

菊月は右手を人さし指と中指をそろえて伸ばす刀印の形にして、桃色の唇の前にかざした。

軽く目を閉じ、ささやきかけるように唱える。

「――急急如律令」

その刹那。

貞頼の深縹の束帯の肩が黒色に変じた。「あなや」と痩せた男が声をあげる。

肩の黒色は集まって小さな蝶の形になると、雲がちぎれるように束帯から分離した。

黒い揚羽蝶《あげはちょう》が、貞頼の目の高さでたゆたっている。

「なんだ、これは」と貞頼が目を見張った。

「陰陽寮を出たときに、式を仕込んでおきました」

「いつのまに」

「おぬしの無礼に肘を入れたときです」

「すでに呪をかけてたのかよっ」

菊月が黒揚羽の式を自らの刀印の先端に憩わせる。貞頼の文句は無視し、黒揚羽の式に心を集中させた。

陰陽師が使役する鬼神を総称して式と呼んだ。式神、識神、式鬼などとも称する。式には、いくつかの種類があって、人の心から発生する善行悪行を見定めるとも言われていた。そのような働きは、かつて安倍晴明が使役したとされる十二天将たちのような神霊格の存在の式の場合である。いま菊月が用いたのはそのような式ではなく、探索を目的とした力に限られた式である。

程なくして菊月は目を開いた。

「なるほど。わかりました」

「何がわかったのだ?」

「この式が見聞きしていたものを読み取りました。魚を盗んだ者がわかりましたよ」

「ほう」と貞頼が感心する。「では、そこへ行ってみて、陰陽師の術のすばらしさを確認するとしよう」

貞頼の皮肉めいた言葉のあと、菊月は声を低くした。

「おそらく間違いないでしょう。けれども……」

「なんだ？　まだ何かあるのか」

「いえ。行けばわかることです」

菊月の指先から、黒揚羽の式が舞いあがり、ひらりひらりと飛んでいく。

その先に犯人がいるらしかった。


黒揚羽の式が案内する先は、東市からかなり離れた場所――右京の西市も越えた都の南西の端のほう、信濃小路と山小路の交わるあたりだった。

右京は、左京と比べて土地がよくない。湿気が多いのだが、これほど都の南西となるとその程度はおびただしい。由来、貧しい庶民があばらやじみた家屋に住んでいる。

日が西にかなり傾いてきていた。

だが湿気のおかげで、暑い。

黒揚羽の式が一軒の邸の上でゆるゆると旋回している。

「あそこか」

「そのようです」

すでに土塀は半分以上崩れ、なかが見えてしまいそうだ。

干し魚を焼く煙のにおいが漂っている。

と、そこから童が出てきた。五歳くらいか。肌は垢《あか》じみて汚れている。やや太めの眉の下でつり目ぎみの瞳が油断なく光っていた。

童は、貞頼と菊月を見ると、目玉が落ちるのではないかというほどに目を見開いた。

「あ、さっきの検非違使――」

「よく知ってるな。さっきというのはいつのさっきかな？　そして俺を見てそういう反応をするのはだいたい悪さをした奴だ」

童が逃げ出す。

逃がすか、と貞頼が駆け出した。

菊月は貞頼の背中を見送り、自らはその邸の門をくぐるのだった。


家の隙間と路地を童はめちゃくちゃに逃げていく。

だが、しょせんは子供の足だ。

さほど時間もかけず、貞頼は童を捕まえて戻ってきた。

「なるほど。馬のようによく走るとは言い得て妙でしたね」

と菊月は門のところでふたりを出迎えた。

「ああ。走るのは得意だ」

別に褒めているわけでもないのだが、貞頼はさわやかに笑っている。息も切れていない。

「放してくれよぅ」と童が暴れた。

「こら。暴れるな。東市で干し魚を盗んだのは、おまえか」

「俺は何も知らないよっ」

童と貞頼がわいわいやっているのを、「静かにしなさい」と菊月がたしなめる。「病気で寝ているおぬしの母が心配していますよ」

「病気の母？　本当なのか？」

「ええ……式が教えてくれました」

途端に童の動きが止まった。みるみる目に涙がたまる。

貞頼も腕の力を緩めた。

「もしかして、その母のために……？」

邸の奥では、年老いた女房ひとりに世話をされて、若い女が伏せっていた。名を山萩《やまはぎ》と呼ばれているとか。

老いた女房の案内で、菊月と貞頼は、山萩と対面した。御簾《みす》越しにも、かなりやつれた感じが伝わってくる。

「病に伏せっているため、お見苦しいところを失礼します。わが子、観童丸《かんどうまる》が何やらご迷惑をおかけしたようで……」

という声も、弱く、湿っていた。

菊月は、小さく開いた檜扇で口元を隠したまま、じっと目を閉じている。

貞頼が言った。

「わたしは検非違使の任をいただいている三浦貞頼と申します。実は、今日、東市で騒ぎがあり、そのときに干し魚が盗まれました。それで、こちらの――」

貞頼の声に苦いものがある。隅のほうで観童丸が小さくなっている。

菊月が目を開き、いきなり言った。

「山萩どの、この検非違使はそんなことを言っていますが、そんな証拠はどこにもありません」

突然の菊月の言葉に、その場にいる誰もが驚愕した。

「おいおい、菊月っ」と貞頼が飛びあがらんばかりになる。「ここに来たのはおぬしの式の案内があったからだろう」

「はて。なんのことか」菊月はとぼけた。「それとも検非違使の身で、陰陽師の使役する式の声が聞こえるというのか」

「何を言っているのだ」

菊月は貞頼の袖を引っ張ると、檜扇で口元を隠したまま言った。

「さきほどあの貴族を逃がしてやったのでしょう？　それなのに病身の母のために干し魚を盗んだ子は罰するのですか。しかも、その母親の前で」

菊月はこの観童丸を見逃してやりたいのだ。もちろん、二度と同じ真似をしないよう、厳しく戒めなければいけないが……。

貞頼が顔をしかめている。「俺だってできることならそうしてやりたいさ。でも、現に干し魚が盗まれている」

観童丸の話では、たしかに四枚盗んだという。

「その代金ならわたしが払います」

貞頼はまじまじと菊月を見返した。睨《にら》んでいた。

「どうしてそこまでするのだ。単なる同情か？　そんなことをしても、明日はどうする？　また魚を盗ませるのか。今度こそ検非違使に捕まるぞ」

「早まらないでください」

「事実だろ」

「同情もないことはないです。けど、それよりも」といったん言葉を切って、菊月は山萩に向き直り、檜扇を閉じた。「山萩どのの病、尋常のものではありません」

御簾の向こうから声がした。「それはどういう――」

「呪です」と菊月が言い切る。

「呪……」

女房に観童丸を連れて席を外させると、菊月が続けた。

「いま呪と申しましたが、その病、いろいろな因が重なっているように見えます。おそらくそのなかでもっとも大きな心の重荷となっているのは――観童丸の父親のことではありませんか」

「…………っ」

御簾の向こうで、山萩が身じろぐ気配がする。

「話していただけませんか」と菊月は水を向け、待った。

「……これも御仏のお導きかもしれません。誰にも語ることはないだろうと思っていたのですが」

と、山萩が身の上を語りはじめる――。

その男が山萩を訪ったのはどのくらい前になるだろう。

どこかの貴族の子弟だという。ある雨の夜、難儀していた男に軒を貸してやったのが縁だった。

やがて男は山萩のもとに通うようになった。

山萩はもう少し北のほうに住んでいたのだが、ちょうど地方の受領《ずりょう》をしていた父を亡くして心細い日々を送っていた頃で、山萩は男を一心に信じ、頼っていた。

男も山萩を慈しみ、必ず来世まで添い遂げようと言ってくれていたという。

いくつもの季節が巡り、やがて山萩は身ごもった。

初め、男は驚き、次いで喜んだ。「こんなところでさみしい思いをさせてすまなかったね。近いうちに必ず邸に引き取るから」と言葉を尽くし、また出産に必要なものを少しずつ準備してくれた。

こうして観童丸が生まれた。

男の父親がなかなか許してくれないとのことで、まだ山萩は男の邸に引き取られていなかったが、幸せな日々だった。

けれども、観童丸が生まれて三年ほどたつと、急に男が冷たくなってきたのだという。

通いの頻度が減り、自分にはおろか、観童丸にも笑顔を見せなくなった。

ある日、男に似た別の若い男がやってきた。

通っていた男の兄弟だと名乗った男は、告げた。

「もうお会いすることはないでしょう、と――」

そうして、男の通いは途絶えた。

「その男の名を聞いてもよいでしょうか」

と菊月が静かに尋ねた。

「申し訳ございません。実はわたしも存じあげないのです」

「どうして」

「わたしも強いて聞きませんでした。お父上が公卿とのことだったので、あきらかに身分が違いますから」

「それは……」

山萩の声にあきらめの色が交じっていた。

「……男が通わなくなってすぐに前の邸は盗人に入られました。命は助かりましたが、火を放たれてしまい、住み続けることもできず。なんとかこの邸を見つけて観童丸と女房のみで身を寄せ合って生きているのです」

そう語ると、山萩の忍び泣く声が伝わってくる。

菊月の隣で、貞頼が洟《はな》をすすった。

「山萩どのには申し訳ないが、その男が俺には許せない。散々期待させて、裏切るなんてひどいではないか」

「そのように言っていただけるだけでも、救われる思いです」

と山萩が答えると、貞頼が「そんな男は忘れてしまえ」などと言うので、菊月が肘を入れた。

「痛いではないか」

「軽口を叩いていいときではありません」

「へーへー。……ところで菊月。おぬしの力でその呪を返せるのだよな。凄腕の陰陽師なのだろ？」

「返そうと思えば返せます。ただし」

「ただし？」

「誰からのどのような呪なのか、知る必要があります」

貞頼が眉をひそめる。「案外、面倒なんだな」

菊月は軽く頬が引きつった。

「病気が何だかわからずに薬を処方しないでしょう。それと同じです」

「悪い奴はさっさと捕まえる。終わり。――それが検非違使だけどな」

「見逃したりもしますよね？」

とにもかくにも呪の大本を詳しく調べる、と告げて、菊月らは山萩の邸から出た。

表に出た菊月は、急ぎ足で東へ歩き始めた。

日没をもって今日の市が終わる。そのまえに、干し魚の代価を払っておかなければいけない。

左京に入ったところで、貞頼が言った。

「山萩どの、元気なら割と美人だと思うのだけどな」

「…………」

菊月は無言で睨んでいる。どうしていま、そういう発言になるのか。

「そう睨むなよ。ただの冗談だろ」

「睨んでいることがわかってもらえてうれしいです」

貞頼は大股に歩きながら鬢を掻いた。

「ちょっと考えたのだが、山萩どのに呪をかけたのはやはり通っていた男ではないのか」

「……ほう？　どうしてそう思うのですか」

「行動が不実だからだ」と貞頼は断罪した。「口では大切にするのなんのと言っておきながら、やっていることは女を見捨てただけではないか」

「おぬしのように軽い男だったのかもしれません」

「俺は軽くないぞ」

「そういう人ほど自分ではそう言うものです」

「口が回らなければ女は口説けない。でも、そのあとは大切にするさ。山萩どののところへ通っていた男にはそれがない」

菊月はため息をついて、話を戻した。

「親が公卿だと言っていましたね。となれば、その立場があるのではありませんか」

貞頼が眉をつりあげる。

「菊月はどちらの味方なのだ？」

「予断をもってしては真実が見えなくなります。さ、とにかく市へ急ぎますよ」

ふたりが東市に着いたときにはあらかたの店が後片づけをしている頃だった。

干し魚を売っていた痩せた男もちょうど店を閉めようとしていたところだったが、ふたりを認めると愛想よく頭を下げた。

「昼間はありがとうございました」

「盗まれた干し魚のことなのですが、あの騒ぎで代価を支払うのを忘れてしまっていたようです。お代を預かってきたので、お受け取りください」

と菊月がさらりと言ってのける。貞頼が何か言いたそうにしているが、無視した。

「え。本当ですか」

「本当です。それにしてもずいぶん驚かれるのですね」

「いや、実はお代ならさっきいただいたばかりなもので」

痩せた男の意外な言葉に、貞頼と菊月は顔を見合わせた。

「どういうことだ。誰が払ったのだ」

「それが、昼間の貴族さまが、『家人が干し魚を持っていったぶんの代価を払い忘れていた』って言って、わざわざ」

と痩せた男は懐からきれいな銭を出して見せてくれるではないか。

「……さっぱりわからない」と貞頼が鬢を掻いた。

「俺もです。でも、昼間あんなことがあったので、顔を見間違えるわけもないですし」

気味が悪い、と言いたげな顔で貞頼が菊月を見ている。

菊月は指を顎にあてて白百合のように美しく考えていたが、やがて痩せた男に言った。

「やはりわたしが代金を払います。その代わり、例の貴族から受け取った銭をいただけますか」

「はあ……」

ちょっと調べたいことがあります、と言って菊月は自分の銭と交換した。

東寺の鐘の音が遠くに聞こえている。

五

大内裏は広い。ことにその出入りについては宮城《きゅうじょう》十二門と呼ばれる十二の門があり、それぞれから人の往来があった。

数多く門があっても、行き来に便利なところを使いたいというのは人の常である。

いわゆる公卿たちは大内裏の東側、土御門《つちみかど》大路方面にみずからの邸宅を構えている者が多かったから、そちらへ抜ける上東門《じょうとうもん》は公卿の多くが通っていた。

上東門は大内裏東側最北にあった。

その門の外に、純白の狩衣の菊月がじっと立っている。

開門を告げる未明の鐘からずっとだった。

菊月は、両手の袖を胸の前で合わせていた。伏し目がちにしているので長いまつげの目がよく映え、行き交う者たちがみな一様に視線を向けてから門を通っている。

菊月の桃色の唇がときどきかすかに動いた。

菊月はただ立っているだけではなかった。合わせた袖のなかで右手を刀印にし、左手に銭を握り、心を研ぎ澄ませてある人物を捜していたのだ。

菊月が握っている銭は、例の干し魚を扱う痩せた男のところで交換したものだ。

やがて、菊月が静かに告げた。

「来た」

菊月はするりと歩を進め、一台の牛車の前に立った。牛車が慌てて止まる。牛車を操っていた牛飼童が文句を言うより先に、菊月が艶然と笑いかけた。

「お忘れ物をお届けにあがりました」

菊月の目線は牛車に向けられている。

何事か、と牛車の物見が開き、乗っている者の顔が見える。太めの眉と険しい目つき。昨日、市で騒動を起こした貴族だった。

菊月は、銭に残る貴族の気配を呪でもって読み取り、それと同じ気配を放つ牛車を捜し出したのである。

「お、おぬしは――」

言葉を失っている男を尻目に、菊月は牛車に近づき、物見に手を差し出して銭を見せた。

「童が盗んだ干し魚の代価はわたしが払いましたので」

貴族の目が左右に小刻みに動いている。菊月が促すように銭をさらに差し出すと、貴族はその銭を摑んで物見を閉めた。

菊月がどき、牛車が動き出した。

脇から、門の影が人の形を取ったような黒い狩衣が出現する。貞頼だった。

「よし。ここから先は俺の出番だな」

唇を舌で濡らし、貞頼は大内裏へ消えていった。


菊月はそのまま上東門に立っている……。

日が南中し、仕事を終えた者たちが大内裏から下がりはじめる。全員ではない。仕事が長引く者もいたし、公卿たちの気まぐれのような調べものに付き合わされて徹夜を強いられる者たちもいるからだった。

菊月はずっと立っている。

蜩《ひぐらし》の鳴く頃、貞頼が戻ってきて菊月に何事かを告げた。菊月が頷くと、貞頼が再び門から立ち去る。だが今度は大内裏ではなく、南のほうへ急いでいた。

菊月もまた上東門から東へ去っていった。


その日の夕刻。

一台の牛車が一条大路の邸宅に入ろうとするところへ、菊月が立ちはだかった。

朝と同じ牛車である。

朝と違うのは、菊月がその牛車に向かってこう呼びかけたことだ。

「藤原通久《みちひさ》どの！」

朝、貞頼が騒動を起こした眉の太い貴族の顔をあらためて確認し、そのままどこの誰であるかを調べ上げたのである。

藤原通久。父は公卿である中納言・藤原時久《ときひさ》。通久は時久の四男で、蔵人だという。

止まった牛車からあの貴族――藤原通久が顔を出した。

「名を突き止めたか。今度は何か」

「そちらこそ、わたしが何者か、もう気づいているのでしょう？」

通久が、特徴のある眉をひそめて黙っていると、今度は貞頼が現れた。だが、貞頼ひとりではない。観童丸を連れてきている。

「ほら、観童丸。あの人が昨日の干し魚を買ってくれたんだ。お礼を言え」

観童丸はまっすぐな目で通久を見上げ、「ありがとう」と頭を下げた。

「よく間に合いましたね」と菊月が貞頼に微笑みかける。

「左京の南西との往復ぐらい、猪と競争しても負けない俺の足ならこの通りさ」

その間、観童丸に頭を下げられて通久の唇が震えている。

「誰だ、その童は」

「いい加減、認めたらどうだ」と貞頼。「おぬしの子供ではないのか」

観童丸がぽかんとしている。

「わたしにそのような子供はいない」

通久が否定すると、菊月がそれを受けて頷いた。

「通久どののおっしゃるとおり。その子は通久どのの子ではない」

「え？　そうなのか。だってほら、父親が中納言だというし、眉毛だってよく似ているし。俺はてっきり、山萩どののところへ通っていた男がこの通久どのだとばかり――」

と貞頼が驚いている。

「男の通いが途絶えたのは、観童丸が生まれて三年。いま観童丸は四歳だから、さすがに覚えている可能性が高い。だが、この子は通久どのを見ても何も反応しなかった」

「たしかに……」

「それに、通久どのも自らが父なら、いかなる事情があろうとも、わが子の前であのような乱暴者の姿は見せないだろう」

「む、む、む――」と貞頼が唸《うな》っている。

菊月は通久に向き直ると、水晶のような清らかな瞳で言った。

「山萩どのの病は尋常のものではありません。彼女には呪がかけられています」

「呪だと？」通久の顔色が白くなった。「普通の病にしてはおかしいと思っていたが、まさかそのような……」

「呪をかけたのは、おぬしではないのか」と貞頼が問うと、「どうしてわたしがそんなばかなことをするものか」と通久が吐き捨てるように言った。

菊月がほっそりした指を顎にあてる。

「その怒りよう……呪をけしかけるような人物に心当たりがあるのですか」

ややあって、通久が頷いた。

「おそらくは、わが父、中納言時久……」

自らの邸に菊月らを案内した通久だったが、「さすがにこれは童には聞かせたくない」

と、観童丸は外させた。信頼できる女房を呼んで「唐菓子でも与えてあげるように」と言って、観童丸を預けていた。小麦粉に甘葛《あまづら》で甘さをくわえ、こねて油で揚げた唐菓子は、この時代の貴重な甘味であり、貴族以外が口にすることは滅多になかった。

「ふーん。おぬし、いい奴なんだな」と貞頼が感心している。

「言い方を慎みなさい」と菊月が肘を入れた。

通久は苦笑し、あらためて頭を下げる。

「昨日はたいへんお見苦しいところをお見せしました」

ひどく誠実な振る舞い方だった。父の中納言に言いつけられては困る、といった後ろ暗さはない。

通久の語るところによると……。

山萩のところへ通っていた男、つまり観童丸の父は、中納言時久の三男――通久の兄だったという。「そうでしょうね」と菊月が相づちを打つ。

「わかっていたのか？」と貞頼。

「山萩どののところへ、別離の言づてをたずさえて来た人物は『兄弟』を名乗っていました。それで弟かな、と。通っていた男の別れの挨拶を、兄にさせるのは不自然ですから」

「兄か父に言われて、嫌な役を押しつけられたということか」

はい、と苦しげに通久が頷いた。

「父は、藤原家の血筋を誇りに思っていました。それ自体はよいのですが、その考えを何かにつけてわたしたちにも押しつける人物で……」

そのため、三男といえど地方の受領の娘と契りを交わしたことを知ると激怒した。

三男は父の目を盗んで山萩のところへ通っていたが、山萩が観童丸を産むと「妻として迎えたい」と、あらためて父に言ったのだという。

中納言時久はまたしても激怒した。だが、三男も抵抗した。

何度もふたりは激しく言い合っていたという。

とうとう時久は、三男と山萩を本気で引き離すことにした。三男と別の貴族の娘との婚姻を成立させると、ほどなくして地方の受領として都から追い出した。

「ご存じのように、名のある貴族やその一族となれば、受領の経営は現地の国司に任せて自らは都に留《とど》まるのがふつうです。けれども、父はそれすら許さなかった」

その父の怒りで心が砕かれたのか、三男は赴任先でほどなくして客死したという。

それが一年前である。

「兄からわたしは一部始終を聞いていました。それで、兄が亡くなったことを山萩どのに伝えたいと、彼女の邸に行きました」

ところが、いざ兄である三男の死を告げようとすると、どうしても言えない。

結局、「もうこちらに来ることはないでしょう」という曖昧な別離を告げることしかできなかったのだそうだ。

その一方で、時久は別のことを考えていた。

「兄の死は、父の厳しすぎる態度が原因だったとわたしには思えるのですが、父はむしろ、山萩どのを恨みました。『あんな女に出会わなければ、息子は死ななかったのだ』と」

確証はないが、以前の山萩の邸を襲い、火を放った賊は、時久の息がかかっていたと通久は考えていた。

父の執拗な怒りを嫌悪しながらも、通久は表面上では素知らぬ顔をして、裏では山萩の様子を見守ることにした。彼女らがいま住んでいる邸も、あいだに何人もの人物をかませて通久が用意した場所だった。

「ときどき自分や家人で安全を確かめていました。ぼろぼろの邸で申し訳なかったのですが、あの邸なら父もこれ以上どうこうするまいと思ったのです」

「ところが、呪をかけていた……。どうしてそのように思ったのですか」

通久の答えは明快だった。「父のところに法師陰陽師が出入りしているのを知っているからです」

陰陽師の業は霊能であるから、在野の者でもある程度は習得できる。そのような者は「法師陰陽師」と称された。なお、菊月のような陰陽寮に所属している陰陽師は「官人陰陽師」と呼ばれている。

法師陰陽師たちは報酬次第で己の霊能を振るう。当然、相手に呪をかけることも。

通久があらためて両手をついた。

「菊月さま。山萩どのにかけられた呪、打ち祓っていただけましょうか。賄《まかない》が必要ならいくらでも用意します。ですから、どうか――」

その真剣さに菊月が目を丸くしていると、貞頼がにやりとした。

「おぬし、あの女に惚れたか」

途端に通久が顔を朱に染めた。

「……はい」

兄の死を告げようとして告げられなかったのは、そのとき初めて接した山萩の頼りなげな有り様に心を奪われたからだった。

山萩が病になったことは、つい最近知った。

昨日、やっと都合がついたので見舞いに行こうとしたところで、観童丸が東市へ行く姿が見えた。あとをつけてみれば、どうも様子がおかしい。物陰に身を潜めたまま、熱心に干し魚を見つめているのだ。

そのとき通久は思った。

観童丸は干し魚を盗もうとしている。

なんのために?

病床の母のためではないか?

そこまで追い詰められていたのか——。

通久は激しく動揺した。

自分が干し魚を買って与えようかとも思ったが、観童丸と面識がない。

考えあぐねているうちに、観童丸が物陰から飛び出してしまった……。

「あとはもう無我夢中でした。店の者には悪いと思いましたが、わたしが大暴れすることで観童丸が干し魚を盗む隙を与えようとしたのです。けれども、そこへおふたりがたまたま居合わせた。悪いことはできないものです」

通久がうなだれている。昨日、東市で大暴れしたのと同じ人物とはとても思えない。

「それで、あとから代価は自分が払おうと……?」

「はい」

これには菊月も閉口するばかりだった。

「そんなことをして、観童丸が盗みに慣れ親しんでしまったらどうするつもりだったのですか」

「おっしゃるとおりです……」

貞頼は鬢を掻いた。「まあ、いいところがあるんだな。おぬし。若干、智恵がほしかったところだが」

通久がさらに深くうなだれる。菊月が言った。

「事情はわかりました。観童丸もあなたも、もう愚かな真似はしないと約束してください。それと、次からこのようなことがあったら、まずわたしか貞頼に相談してください。そう約束してもらえるなら、これからすぐに山萩どのにかけられた呪を返しましょう」

通久は平伏した。「どうぞよろしくお願いいたします」と目に涙を浮かべている。

六

それから数日ののち、菊月と貞頼は左京の西市の様子を見に行った。

「東市と比べると小さく、店も少ないが、賑わいはなかなかですね」

「どちらも庶民には大切なところだからな」

ふたりの視線の先には笑顔の観童丸がいる。その観童丸に手を引かれて、こちらも笑顔の山萩が店を覗いていた。


通久から事情を聞いた翌日、菊月は貞頼とともに再び山萩を訪ねた。

呪を祓うためである。

中納言時久はかなりねじけた性格のようで、いくつもの呪が重ねられ、山萩の身体を蝕んでいる……。

山萩の枕元に簡単な祭壇を築き、菊月は祭文を読み上げた。

「陰陽師・安倍菊月、謹んで願い奉る――」

いかに複雑な呪でも、それ自体は陰陽師の正統な修行をしてきた菊月の敵ではない。

ただ、そこに時久の生霊ものっていた。

生霊とは、生きている人間の強い感情によって、その魂の一部が悪鬼のごとく暴れるようになったものだ。暴走すると、生きている人間の、毛ほどの思いでも増幅し、憎悪と殺意をむき出しにして相手を追い詰める。生きている人間の心から発しているため、その者が反省して完全に心を入れ替えないかぎり、何度でも戻ってくる。

ゆえに可能なら相手を改心させるのがもっとも早いのだが、たいていの場合、難しい。

よって、生霊返しを行うことになる。

呪詛《じゅそ》返しに病念撃退、生霊返しと調伏を立て続けに行わなければいけなかった。

のうまくさんまんだばざらだんかん

菊月は複雑な印を結び、不動明王一字咒《いちじしゅ》で対抗した。

不動明王は憤怒相を持ち、降魔の剣を構え、悪人を捕らえて改心させるための羂索《けんざく》と呼ばれる綱を携えている。

光背は燃えさかる炎だ。

だがそれは、大宇宙を統《す》べる大日如来の慈悲の別側面であると言われている。

慈母のようにやさしいのが観音菩薩だとすれば、厳父のように厳しいのが不動明王なのである。

不動明王の降魔の剣はあらゆる悪を打ち砕く。

菊月の祈禱《きとう》に応えるように不可視の炎が天からなだれ込み、山萩の苦しみを砕破していった。

菊月の渾身《こんしん》の法力が山萩を蝕む呪を返していく。

山萩の息が安らかになり、顔に赤みが差してきた。

「すごい……」と貞頼が呆然とつぶやく。

だが、山萩に向けられた呪いは最後のあがきを見せた。

予想外の呪が黒い巨大な大蛇のように中空で暴れ、観童丸に呪がなだれ込みそうになったのである。

「ちっ」と菊月が舌打ちする。

菊月がその呪に対抗しようと印を結び変えたとき、貞頼が叫んだ。

「任せろッ」

貞頼が観童丸を抱えて外へ走りだしたのだ。

今度こそ、菊月は呪を根こそぎに撃退した。

貞頼が観童丸を連れて逃げていなければ、次は観童丸が呪の餌食になっていただろう。

いっさいが終わって戻ってきた貞頼は、ずいぶんと誇らしげだった。

「猪に勝った足はなかなか役に立つだろう?」

「……そうですね」

観童丸の笑顔に免じて、菊月も認めてやったのだった。

「中納言どのは、急な病で伏せっているそうです」と菊月。

返された呪は、呪を放った者に返る。

本来なら、菊月が祓った呪は、それを放った法師陰陽師のところへ戻るべきなのだろうが、どういうわけか中納言のところへ返ったようだった。

法師陰陽師が、中納言の依頼に嫌なものを感じてそのような仕掛けを入れておいたのか。それとも、呪のほうで「みずからの主は、秘儀を行った法師陰陽師ではなく、中納言・藤原時久である」と判断したのか。

呪の呪たるゆえんのような、神秘的なことだった。

いずれにしても、「人を呪わば穴二つ」の言葉どおりとなったのだ。

「通久どのはどうするつもりなのかな」と貞頼が独り言のように言った。

「きっとふたりを引き取ることでしょう。――そのようにわたしの占に出ていました」

「ほう。それは――」

「通久どのは山萩どのを妻として迎えたい気持ちがあるようですから」

「山萩どのの気持ちはどうなのかな」

「さあ……。いきなりは無理でも、まずは女房として雇い入れて、ゆっくりと気持ちを伝えていきたいと通久どのは思っているようですね」

観童丸と山萩が笑い合いながら市を歩いている。

その姿を見ながら、貞頼は言った。

「何だ。通久どのは、いい男じゃないか」

あいかわらず軽い言い方だなと思いながらも、菊月は頷いた。

いまはただ、不器用な男の恋の成就を祈るばかりだった。

第二章　蔵人所の変異と届かない言葉

一

秋になると、都はがらりと変わる。

暦の上では六月が七月になっただけなのだが、貴族たちの衣裳が変わる。男たちの重ね色目、女たちの襲色目《かさねいろめ》はおおむね春夏秋冬ごとに違う装いを見せる。夏までの装束から秋冬の装束に替わるのだ。男も女もその衣裳を楽しみ――楽しむだけではなく、それも礼法の一種でもあるから――、ひととおりの衣裳の入れ替えだけで大仕事になる。当然、すべてに薫香をきちんと焚きしめねばならない。

毎月のことだが、七月も宮中行事が多くある。乞巧奠《きゅうこうでん》（七夕）、盂蘭盆会《うらぼんえ》、相撲節《すまいのせち》。

準備に人も物も行き来する。

それらを見守るように、あるいは急《せ》かすように、蜩が鳴き、時には野分《のわけ》がやってくる

――それが秋というものだった。

そんな中、中務省陰陽寮の奥の間で、安倍菊月が仏頂面を隠そうともせずにいた。

秀麗な顔に朱がさしているのは、化粧ではなく怒りのためである。純白の狩衣は秋となったのでその重ね色目を蘇芳菊《すおうぎく》にしていたが、その裏の濃蘇芳《こきすおう》を消し込むほどに顔色は怒りに赤くなっていた。

「納得できません」

菊月の隣には漆黒の狩衣の検非違使・三浦貞頼が座しているが、こちらはいつものように重ね色目など何するものぞとばかりの装束だ。だが、その顔はひどく困惑している。

ふたりの前には陰陽頭である賀茂光保が不思議そうな顔をして座っていた。

「何が納得できないのだね？　おぬしの言うとおり、左大臣さまにお願いして貞頼どのの参内と昇殿を特別の特別で許してもらったというのに。――ほれ、唐菓子でも食って落ち着け」

陰陽師と検非違使が力を合わせて宮中と都を護るという試みに、菊月と貞頼は選ばれて従事している。ところが、正八位下で参内にも昇殿にも位がたりない貞頼の処遇をなんとかしなければそもそもの使命が果たせない。ゆえに、特別の計らいを上奏していたのだが、それがやっと認められたのである。

菊月が頬をひくつかせ、光保を睥睨した。光保の身につけている朽葉《くちば》の重ね色目の名のとおり朽ちてしまえ。

「そちらの件はありがとうございました。それと唐菓子はいただきます。——わたしが言っているのは牛車のことです」

見目麗しい美男子が怒りに燃えていた。とても菊月が女の身であるとは誰も思うまい。

「牛車。そうだよなぁ……」と貞頼が鬢を掻いている。

「牛車、牛車……はて」

唐菓子をもごもごしながらしらばっくれる光保に、いつか必ず呪をかけてやろうという気持ちが新たになった。

「『はて』ではありません。昨日、西市のそばでの貴族同士のけんかを止めようとして巻き添えを食らって破壊されたわたしの牛車のことです」

光保がわざとらしく手を打ってみせる。

「あー、おぬしの牛車の件か」

「そうです。公務で破損したのですから修繕いただくか、新しい牛車の手配をお願いします」

「公務、公務……公務はそうなのだろうけど」と言葉を切って光保は菊月ではなく貞頼のほうを見た。「貴族同士のけんかを止めるのにこちらの牛車をぶつけて向こうの牛車を倒したり、その報復でこちらの牛車を破壊されたりしたとの報告もあるのだが」

貞頼が小さくなる。「あー。その件に関しましては……」

「牛車がなければ追い詰められない相手もいます」

と菊月が割って入ると、光保が檜扇を開いて自分に風を送りながら、「まず、いまのわしの話について答えてほしいものだな。事実か否か」と菊月に確かめた。

ちなみに檜扇は儀式の次第などを書き留めておくもので、自らをあおぐためにあるものではない。

「……事実です」

菊月が苦々しく答えると光保は高く笑い声をあげた。


それから二刻（一時間）ほどして、菊月は牛車の中で肩を落としていた。

「なんでわたしがこんなことを……」

「おーい、菊月よ。機嫌を直してくれよ」と貞頼が牛車の外から呼びかける。「俺なんかおぬしの牛車の横を歩いているんだぞ」

菊月は物見の御簾をはね上げて顔を突き出した。

「あたりまえですっ。もう金輪際、おぬしを牛車になど乗せてやりませんからっ。車副《くるまぞい》あつかいでずっと横を歩いていてください」

「ひどい……」

「誰のせいでこうなったと思っているのですかっ。それにどうせ、おぬしは走ったほうが速いんでしょう!?」

「まあ、それはそうなんだけど、そんなに怒るなって。せっかくの端整な顔が台無しだぞ。牛車、中務省から借りられたんだし」

「ええ、借りられましたともっ。わたしが蛙《かえる》のように這いつくばって、米つき蝗虫《ばった》のように何度も頭を下げて、向こうの役人から比叡山《ひえいざん》の雪のように白い目で見られて、鴨川の流れのように止まらないお説教をがまんして、ようやくっ」

「菊月、詩人だな」とへらへら笑う貞頼。

「そんなこと言われてもうれしくありませんっ。この軽薄検非違使っ」

結局、破損された菊月の牛車は自腹で修理するしかなかった。

陰陽寮から新しい牛車などが支給されるわけはない。そもそも、陰陽寮が所持している牛車はない。そのため、陰陽寮の〝上役〟とでもいうべき中務省の所有している牛車を一時的に借りることになったのだ。

それとて、光保が中務省に根回しをしてくれたから可能になったのだが、菊月がたっぷり味わった中務省からの嫌みのなかには光保への皮肉も多分に混じっていたように思う。

ちなみに、検非違使庁からは特に何もなかった。光保曰く、「貞頼どのの上役の藤原泰時どのというのは、食えない御仁よの」とのことである。貞頼に言わせれば、「昼間のあの人に何かをお願いしようとするほうが間違っている。あの人に話をもっていくなら、日没以降だ」ということになるのだが。

それにしても、食えない光保に「食えない」と評されるのだから大したものだ。

貸与された牛車は古かった。狭いのは我慢するにしても、手入れが不十分なのか車輪が動くたびにぎいぎいうるさい。式で車輪の動きを補強することはできるだろうか……。

だが、それ以上に菊月を困らせたことがあった。

「だめです。我慢できませんっ」

悲鳴に近い声をあげて、菊月は左右の物見をはねあげ、さらに懐から呪符を取り出して牛車内の四方にはりつけたのだ。

「おい、菊月。何があった」と貞頼が目を見張っている。

「これまでに乗っていた人たちの念が残っているのですっ。まるで肌をなめられるような不快感を覚えるのですっ」

「裸をなめられるような感じ……」

「そんなこと言ってませんし!?　変な想像をしないでくださいっ。牛車の中の念と一緒におぬしのことも祓ってやりましょうか!?」

菊月は印を結び、呪を唱え、牛車の内部を清めつつ、うるさい車輪も言うことを聞かせるべく霊能を駆使した。「どうせ大内裏より先は牛車が使えないのだからいいではないか」とか貞頼は笑っていたが、その軽さは無視する。借り物ながら多少は自分の過ごしやすい形にするのは許されるだろう。

大内裏は牛車の往来はない。特例は定められた物資の運搬のための牛車で、その場合も使うべき門が厳しく定められていた。

歩く人の邪魔にならないようにとの配慮である。

内裏となるともう一段厳格になるが、宣旨《せんじ》で許されたごく一部の貴族高官だけは内裏南東の春華門《しゅんかもん》まで牛車を進めることができた。先日、病床に倒れた中納言・藤原時久もそのひとりだったらしい。

昇殿できる身分である菊月でも、そのような牛車の宣旨とは無縁だから、大内裏から内裏へは徒歩で行く。

貞頼も一緒だった。

ふたりとも、着物に袴《はかま》をはき、そのうえに袍《ほう》を重ね、石帯《せきたい》という帯を締めた束帯になっている。色は黒。さらに同じ色の冠をかぶっている。

貴族が参内するときの正式の衣裳だ。

「あるときは車副。また別のときは菊月の随身《ずいじん》。俺はいったい何者なのか」

「本来参内も昇殿も許されない検非違使大志です。今回の左大臣さまの命と、わたしが一緒であることを条件に、あえて参内昇殿が許されたのです」

と菊月が静かに事実だけを指摘した。

菊月の言うとおりで、特例中の特例、律令外の律令外となる措置だった。

ゆえに、周囲の目が奇異なものを見るようだった。

「菊月、周りがじろじろ俺たちを見ているような気がするのだが……。あ、おぬしのことを見ているのではないか？　みなの者よ、ここにいるのは、色白でものすごくきれいだけど、れっきとした男だからな!?」

菊月は、貞頼に思い切り肘を入れた。

「おぬし、馬鹿ですか!?　馬鹿ですよね!?」

そんなことを言ったら逆効果に決まっている。

「すごく痛い……」

周りがなおさらこちらを見ているではないか。

「わたしたちではなく、おぬしのことをじろじろ見ているのですっ。知らない人物が宣旨の時期でもないのに現れたから。何しろ参内している貴族のほとんどは藤原姓。みなどこかで知っている顔なのですから」

「そこに見知らぬ顔が来たから物珍しいのか」

「そうです」

そこでよせばいいのに、貞頼は彼らしい感想をつけくわえた。「宮中というのは暇なのだな」

「軽口を叩くな」

と菊月は叱ったものの、言った内容は否定しなかった。

言わんとすることはわかるからだ。

宮中は政治の中心である。だが同時に政敵と争い、男と女の噂が飛び交い、結果として呪い呪われる混沌《こんとん》だ。

それもこれも、他にやることがないからだと思う。

伝え聞くところによると、もろもろの戦があった時代には戦いの敵への戦勝祈禱の類いはあっても、宮中内部での呪の応酬はぐんと少なかったとか。戦がよいなどとは思わないが、人は暇になるとくだらないところで争いを作って暇つぶしをしたがるのだろうか。

「今日は昇殿しませんが、その代わり少し挨拶だけは広めにしておきましょう。そうしなければ、いつまでもおぬしが奇異な目で見られ続けますから」

渡殿《わたどの》を歩きながら、紫宸殿《ししんでん》や清涼殿、それから後宮とも呼ばれる七殿五舎の甍《いらか》を示して菊月が貞頼に大まかな説明をしていく。

貞頼が説明を聞いて鼻を鳴らした。

「ふむ。なるほど」

「ほう。この程度の簡単な説明でわかってもらえたら大したものです。やはり検非違使だからそのへんの勘が……」

と菊月が言いかけると、貞頼が爽やかに言い放った。

「さっぱりわからない」

「……おぬしに期待したわたしが馬鹿でした」

貞頼がけらけら笑っている。

「まあ、どうせふたりで一緒に行動するんだから俺が覚えなくてもいいよな。内裏の構造を覚えるなんて畏れ多い」

「殊勝な言い方してますけど、怠けようとしてますよね？」

「あはは。バレたか。――けれども、ひとつ気づいたことはあるぞ」貞頼がにやりとした。「内裏の偉い人ほど、菊月を知っているようだな」

菊月は白皙の美貌にさしたる表情も見せず、ただ頷いた。

貞頼の指摘は合っている。

菊月が出てくるのは、帝や后たちや大臣たちに要請されたときだ。案件によっては極秘で大臣が手配した牛車に隠れ乗って後宮へ入り、呪を祓ったこともあった。

ゆえに、菊月を知っている者は内裏の奥へ行くほど増える。

反対に、若く、身分の低い貴族たちの多くは菊月を知らなかった。中には明らかに見下したような目を向ける者もいる。

「陰陽師はひっそりしているほうがいいのですよ」

「俺には、菊月を知っているかどうかでそいつの見識がわかるようで、いとをかしだがね」

「ふむ……？」

変わった言い方だと思った。

急に貞頼が声を低くする。

「なあ。女の身で陰陽師になってこんなところに入るのって、どんな気持ちなんだ」

一瞬、すぐさま肘を入れようかと思ったが貞頼がいつになく真剣な表情を見せていたので、やめた。

「どういうものでもありませんよ。女房として出仕したことはありませんから比べようもないし」

「男の世界、気持ちのいいものではないだろ？　欺《だま》し合いや足の引っ張り合いや嫉妬があちこちにある」

「まあ、その対応が陰陽師の務めのようなものですよ」

嫉妬や恨み、憎しみから呪いは生まれるからだ。

「その陰陽師が嫉妬されるんだから、面倒だよな」

と、貞頼が顔をしかめた。

いまばかりは貞頼の言葉が、菊月の心に少し響いた。

若い貴族たちからすれば、二十歳そこそこの白皙の美貌の男――本当は女の身なのだが――が、位の高い人物になるほどに知り合いが増えていくというのは、何とも妬ましいのだろう。その気配はいつも感じていた。

「まあ、陰陽師なんてそんなものですよ」

貞頼が鬢を掻いて、にやりとした。

「菊月が女房姿だったら、それはそれはいろんな男に懸想《けそう》されて男が嫌になるだろうけどな」

「気持ち悪いこと言わないでください」

「はっはっは」

菊月は形のよい唇に笑みをかすかに浮かべた。

「では、わたしのことをよく知っている人物を紹介しておきましょう」

右近の桜と左近の橘《たちばな》が、風にさらさらと葉を揺らしている。

二

菊月が向かったのは、紫宸殿の西、清涼殿の南にある校書殿《きょうしょでん》だった。

「校書殿。南北九間で東西二間の母屋。四面に廂。東向きに作られている」と菊月が諳《そら》んじるように説明する。

「校書殿というからには、書物がらみの建物なのか」

貞頼は自分には関係ないだろうと言わんばかりだ。

「……おぬし、本当に内裏については知らないのですね」

「知らぬ」と貞頼が胸をはる。

「上役とかに事前に聞いてこなかったのですか」

「その手があったか……。まったく失念していた」

菊月の頰がひくついた。先ほど貞頼の言葉に少し心を動かされたのを取り消したい。

「……ここは、貞頼にはちょうどよいところだと思いますけど」

校書殿の西廂の南には、貞頼が言ったように書籍や文書を整理する校書所がある。

だが、菊月が案内したかったのはそこではない。

西廂北にある蔵人所だった。

さっそく菊月を知っている蔵人が挨拶してくる。

「これは、菊月さま。今日は……？」

清げな目元の長身の若者だ。

「頭中将《とうのちゅうじょう》どのはいらっしゃいますか」

「たぶん奥にいると思います。ちょっと待ってください」

その蔵人が様子を見に行った。

「おい、菊月。あの者は蔵人か」

と尋ねる貞頼の声がやや小さい。緊張しているのか。

蔵人は律令の定めの外に置かれた令外の官のひとつで、もともとは帝の家政機関というべき位置づけだった。それがやがて帝の詔勅《しょうちょく》などの伝達から警備警護などを幅広く受け持ち、帝の秘書団としての権威が確立する。

「蔵人ですよ。もっともまだ若いから雑務もだいぶやらされているようですが」

「ほー。将来の公卿候補か」

有力貴族子弟の多くが蔵人になっていた。政の中心はやはり帝だから、帝の近くにいれば朝廷全体の動きを学べる、という利点があるからだ。もっとも、帝やその周辺の有力人物に若い頃から名を覚えてもらおうという生臭い野心もあるのだろうが……。

蔵人の中でも、蔵人頭ともなれば慣例的に公卿への昇進が約束されている。

蔵人頭とは、蔵人所の実質的な長である。定員は二名で武官と文官から任命され、月ごとの持ち回りで蔵人所を指揮した。

この蔵人頭と近衛府次官の近衛中将を兼任した場合、「頭中将」と称された。ちなみに、文官の蔵人頭は、大弁か中弁という弁官から選ばれるので「頭弁《とうのべん》」と呼ばれている。

「先ほどの男は気持ちのよい人物なので、出世してほしいですね」

などと話していると、三十歳くらいの男、頭中将・藤原朝綱《あさつな》がやってきた。従四位上である。

　朝綱は昨年から頭中将を務めている。

「菊月どの、よいところに来てくださいました」朝綱は親しげな笑みと安堵の表情を見せた。「ところで、隣の方は……？」

「頭中将どのならお聞き及びでしょう。検非違使の――」と言いさせば、朝綱は首肯した。

「存じています。それならなおさら有り難い」

「頭中将どの……？」

　朝綱はふたりを奥へ案内すると、先ほどの長身の若い蔵人に命じて人払いをさせた。

　漆塗りの調度や几帳が壁際に並べられている。文机があって書物もいくつかあり、朝綱が執務している間のようだ。

　これから話すことは内密に、と前置きをして朝綱は話しはじめた。

「実は昨夜、何者かによって蔵人所に保管されていた弓矢が破損されたのです」

「あなや」と貞頼が思わず声を上げ、平伏する。

　菊月は貞頼を一瞥し、懐から檜扇を取り出すと小さく開き、口元を隠した。

「詳しく伺いましょう」

「いま申し上げたとおりです。ご存じのように蔵人は主上の行幸のときなど、その身辺を固めます。そのときに携行する弓矢が、矢折れ、弓の弦が断ち切られていたのです」

内裏の警備に用いる武具の中でも、もっとも細やかな配慮が必要とされるものが、破壊されたのである。帝まわりの護りの根幹に関わってくるかもしれないのだ。

内容が内容であるため、蔵人所内でも箝口《かんこう》させたので蔵人所でも知っている者はごくわずかだという。

「このこと、蔵人所以外には誰かに話しましたか」

「左大臣さまには届けました。あと、検非違使の藤原泰時どの」

予期せぬ名に、菊月と貞頼が顔をしかめた。

「なぜそこで、検非違使が？　本来、検非違使は都の治安を守るための存在で、内裏には介入しないはず」

だからこそ、菊月と貞頼の今回の合力は新しい試みなのだ。

「先ほどのあの細身の男、藤原雅泰《まさやす》が、検非違使の泰時どのと血縁だということで。しかもちょうど、検非違使別当に同行して大内裏に来ていたようで」

「……昼間のあの人を同行させるなんて、別当は正気なのか」

「何かおっしゃいましたか」と朝綱。

「いいえ。何でもありません。それで泰時は何か……？」

するど朝綱は渋い顔をした。

「なんというか、その、ぼーっとされている方で」

貞頼が、朝綱よりも渋い顔を見せる。

「申し訳ございません……」

「泰時どのは、陰陽師と検非違使の合力ならなんとかなるかもしれないと、おっしゃっていて。まあ、泰時どのがそのようなありさまでしたので、どうしたものかと思っていたのですが、菊月どのなら安心です。いかがでしょうか。お力をお貸しいただけませんでしょうか」

朝綱に、破壊された武具の置いてあった場所を見せてもらった。

薄暗い、物置のような小さな間だ。

「新しい弓矢を補充するため、破壊された武具は隅にまとめました」

「拝見します」

と貞頼がその小さな間に入り、隅の弓矢を調べる。

矢も弓の弦も、ばらばらの箇所で壊されていた。

「頭中将どのはわたしをご評価くださっていますが、これは陰陽師の関わるところというよりも、検非違使のほうが詳しいところでしょう」

「左様ですか」

「もちろん、わたしが一緒についていますから、この者が下手をすることもないと思われますが……」

要するに、自分が見張っているから安心してくれという意味なのだが、その意味が伝わったのか、貞頼が不機嫌そうに菊月を一瞥してくる。菊月は、つっと目をそらした。

貞頼が黙々と調べている。

いつになく真剣な表情だ。

床に顔を近づけ、埃《ほこり》を指で取っている。

「なんでこんなことを……」と貞頼が低い声で言えば、朝綱が「まったくです」とため息をついている。

じっくり一刻（三〇分）ほども調べて、貞頼が朝綱に振り向いた。

「いますぐにはわかりかねます。ただ、じっくり見せていただいたので、今日のところはこれらをまとめる時間をいただきたいのですが……」

「もちろんです」

と朝綱が言うと、貞頼は一礼をして蔵人所から出た。

「待ってください」

と菊月が声をかけるが、貞頼は「急ごう」と低く言うだけである。

「ずいぶん熱心な方なのですね」

朝綱は感心しているが、菊月としては「はあ」と苦笑いするばかりだった。

そのときだった。

貞頼の身体から何かがふわりと落ちた。

渡殿に落ちたそれを菊月が拾っていなかったら、このあと物事はどのように転じていただろうか――。

いま落ちたそれを拾い、菊月はつぶやいた。

「猫の毛……?」

菊月の指先で、しなやかでやや癖のついた猫の毛が陽の光に輝いていた。

三

翌日になった。

陰陽寮で白い狩衣姿の菊月が、貞頼を待っている。

ふたりで都や内裏を見回るにあたり、陰陽寮に貞頼がやってくるのが暗黙の了解のようになっていた。

「遅いですね」

菊月はひとりごつと、ほっそりした白い指に唐菓子をつまんだ。甘くておいしい。もう少ししたら栗が出て、干し柿が手に入る。ややこしく忙しい日々の中、今年の味を楽しみにがんばっている。

「そうではなくてです」と菊月は立ち上がった。「今回限りですからね」

用意した唐菓子の最後のひとつを口に入れ、指先をなめて名残を惜しみ、水を飲んで、菊月は懐から呪符を取り出した。

「急急如律令――」

菊月が呪を唱えると呪符は紫揚羽の式に転じる。

「検非違使大志・三浦貞頼を捜せ」

ゆらゆらと菊月のまわりを旋回した紫揚羽の式が、陰陽寮から外へ出ていく。

菊月の肉の目がとらえる風景と、紫揚羽がとらえる風景が、二重映しで見えた。

普通の人間なら、これだけで混乱をきたすだろう。

頬をなでる風が菊月の身体に吹いているものか、式が感じているものか、冷静に見極め続けなければいけない。

さりとて心が凝り固まってしまっては霊能の繊細な波動と反してしまう。文字どおり蝶のような軽やかな心を持ちながら、冷めた目を持っていなければいけないのだ。

菊月は紫揚羽の式のあとを追った。


予想していたが、紫揚羽は大内裏を出て南へ向かっていた。

まだ検非違使庁にいるのか。昨日の調べがまだまとまっていないのか、あるいは根を詰めすぎて検非違使庁で眠っているのか。

そんなことを考えたが、紫色の揚羽は検非違使庁の建物を無視して飛び続けた。

どこへ向かうのだろう。

貞頼の邸か。詳しい場所は知らないが、左京の三条大路のどこかだと本人が話していたような……。

だが、紫揚羽の式はさらりさらりと三条大路も越えていく。

どこまで行くのだろう――。

そもそもあの軽薄検非違使はどこに行ってしまったのだろう。

「軽薄」という言葉に、菊月はふと異な感触を覚えた。

昨日、壊れた弓矢を見ていたときの貞頼は、およそこれまでの彼とは違っていた。

その前の東市での騒ぎを鎮めたときや、山萩や観童丸への態度も、彼なりにはまじめに振る舞っていたのだろう。だが、根が軽いというか人がよいというか、深刻さに欠けるきらいがあった。

だが、昨日は違っていた。

深刻さ――昨日の貞頼にはその言葉がふさわしいように思えた。

陰陽師としていくつもの場数を踏み、何度も人の心の裏を見てきた菊月が培ってきた智慧から考えると、それはひとつの方向を示していた。

貞頼は、弓矢を破壊した犯人に心当たりがある――。

秋空に不釣り合いな紫の揚羽の式が、ついに貞頼の漆黒の狩衣を見つけた。

場所は揚梅小路《やまももこうじ》、無差小路《むさの》のあたりである。

山萩の邸よりは北だ。

貞頼は辻の陰で立ち尽くしていた。

その目線は一軒の邸に一心に注がれている。

邸を囲む土塀は古いが、毀《こぼ》れてはいない。

けれども、どこかしら寒々しい。

人の活気のようなものが伝わってこない。

無人のように静まりかえっている。

敷地から小路へ突き出している木々の枝は黒く、さみしかった。

貞頼がその邸と足下の地面を交互に見つめていたが、とうとう「よし」と決意して歩きだそうとしたところで、菊月が追いついたのだった。

「見つけましたよ」

と菊月が声をかけると、貞頼がぎくりと立ち止まる。

「菊月——どうしてここに」

その顔が険しい。貞頼がしそうな、いたずらを見つけられた童のような無邪気さはない。

まるで死地に赴くような、あるいは罪人を処しにいくような表情だった。

「式を使いました」

菊月が右手を刀印にすると、その指先に紫揚羽の式がとまった。

「式か——」

まったく気づいていなかったようだし、そのように探索される可能性にも思い至っていなかったようだ。

「いったい何をしているのですか」

「仕事だ」

「都を護るために陰陽師と検非違使で常に行動をともにせよ、というのが仕事です」

「昨日の件の調べが仕事だ」

菊月は少し閉口した。普段気さくそうな男ほど、一度頑《かたく》なになるととことん頑なになるという例のようだった。

「昨日の件というなら、わたしも一緒でなければいけません。頭中将どのはわたしを信頼してくれたのですから」

「…………」

「何を隠しているのですか」

「何も隠していない」

太陽が雲に隠れ、急に肌に冷たい風を感じる。

「ここには誰が住んでいるのですか」

「――」

「答えていただけないのなら、わたしが直《じか》に住んでいる人物にお会いします」

菊月が邸に向かおうとすると、その手を貞頼が強く摑む。

「やめてくれ」

「そういうわけにはいきません」

「ここはいいんだ」

貞頼が頑なに拒絶する。

菊月も粘った。

「いいのなら、わたしが行ってもいいでしょう？」

「待てと言っているだろ」

「待ちません」

「おぬしだって『兄弟子殺し』のことを俺に話していないだろっ」

貞頼の腕に力が入り、菊月が顔をしかめた。

「痛い――」

「あ、すまない……」

貞頼が菊月の腕を放した。

「……たしかにわたしは『兄弟子殺し』について、まだおぬしに話していません」

菊月の声が震えた。

「いや、いまのは口が滑っただけで……」

「いつかきちんと話します。ただ、いまはこの役目の件です。まずおぬしが話してください」

「菊月……」

目尻に透明なものをいっぱいに溜めながら、菊月は貞頼を見つめた。

「ちゃんと、聞きますから」

貞頼は視線を彷徨わせ、鬢を搔き、とうとう言った。

「わかった。おぬしに話す。だから聞いてくれ。——相棒として」

そう言う貞頼の目つきがひどく真剣だった。


その邸に住んでいる人物の名は大江経平《おおえつねひら》。三年前まで蔵人だった人物だという。

貞頼とは竹馬の友でもあった。

「だった……？」

「三年前のある事件で、俺と経平は道を違えたのさ」

その事件こそ、経平が蔵人を辞することになった出来事でもあった。

経平はまじめな人物だった。

物静かで、漢籍に親しみ、病気がちな母の面倒をよく看《み》ていたという。

貞頼と対照的なところもあったが、どちらもいまの朝廷で主流となっている藤原家の血筋ではないというところで幼い頃から親近感を覚え、「他家にも人はいるのだと世に示そう」と互いに励まし合ってきたのだった。

やがて貞頼は検非違使になり、経平は蔵人になった。

『すごいではないか、経平。これでおぬしも将来の公卿候補だ』

と貞頼が諸手《もろて》を挙げて褒めれば、経平は頬を赤らめて『おぬしという友がいてくれたからだ』と感謝の言葉を述べたという。

だが、人生は順調にすべてが運ぶわけではない。

何年かして、摂関家《せっかんけ》に連なる若い貴族が蔵人で入ってきた。

その若い貴族は、何かにつけて経平をいびった。

「経平が藤原家ではなかったから、人と見ていなかったのだろうな」と貞頼が怒りを秘めた顔で述懐する。

真偽はわからない。ただ、事実としてその若い貴族は経平をばかにし、雑務を押しつけ、仕事上の問題があればすべて経平の未熟ゆえであると当時の蔵人頭に告げ口をしていたという。

当然、蔵人所での経平への見方が厳しくなっていく。

経平は務めに熱心な男だった。進取の気性に富み、旧来のやり方よりよいやり方を探しては、推し進めようとした。そのうえ誰よりも真面目で、帝への忠誠心は強く、怠慢を嫌った。

経平は煙たがられた。

藤原家の者でないことも、輪をかけていた。

藤原摂関家の若い貴族にいびられている経平を誰もが遠ざけ、どれほど正しいことを言っても――正しいことを言えば言うほど――孤立させていったのである。

『貞頼よ、わたしはこんな目に遭うために蔵人になったのではない』

と、経平は貞頼の前でだけは涙を見せた。

『大丈夫だ、経平。おぬしの義は俺が知っている。天も御仏も見ている。病床の母上もいるのだ。もう少しの辛抱だよ』

貞頼はそう言って経平を励まし続けた。

しかし、三年前の秋にある事件が起きてしまった。

その若い貴族が管理していた蔵人所の儀式用の装束が、破られて反古《ほご》にされたのだ。

「その事件なら覚えています。秋の宮中行事を控え、蔵人所は大騒ぎでしたね」

と菊月が当時を振り返る。

「蔵人所としても、異例の事態だったので俺たち検非違使のほうにも内々に協力依頼があったくらいだ」

そうして犯人を捜していたときだ。

大内裏のすぐ南、大学寮の裏手で貴族同士のけんかがあった。

それが誰あろう、あの若い貴族と経平だったのだ。

宴席の帰りだった若い貴族が、たまたま居合わせた経平に、酔った勢いで罵声を浴びせかけた。あまつさえ、病床の母親をもあしざまに罵り、笑いものにしたのだという。

「それはひどい……」と菊月が眉をひそめる。

「一応、市中での事件だから俺たち検非違使も出ることになった。ところが……」

どういうわけかその夜のうちに若い貴族は放免となり、経平だけが調べを受けることになった。

それだけではすまなかった。

蔵人所で起こった儀式用装束の破損について、いつの間にか経平の犯行ではないかという方針で調べが進められたのだ。

『あの男がそのような真似をするわけがない！』

貞頼は上役の泰時らに強く言ったが、これまで経平は散々いじめられてきたこと、堪えていたものが吹きだして今回のけんかのような信じがたい暴挙をしたこと、などから、普段から若い貴族のいじめに身心を痛めつけられていた経平がその反動から、儀式用の装束の破損の犯人ではないかという意見が強くなってきた。

証拠はどこにもないのに、である。

貞頼もまだ若かった。泰時やさらに上の者たちから「経平こそ蔵人所で狼藉をした者ではないか」と説得され、最後は押し切られた。

経平は、摂関家に連なる若い貴族にけんかをふっかけたこと、蔵人所の装束を破損したことの二件で訴えられた。

「ただ、経平は実際には罰せられなかったんだ。そのお貴族さまの親が『けんかの件は不問に付す』と言ってきたし、めちゃくちゃにされた衣裳についてもその親がすべて新調してくれたからさ」

「そうでしたか……」

これにより、若い貴族の評判があがった。暴力を受けてもその相手を許す度量があるとか、私財を――親の財なのだが――なげうって衣裳を調えたのは真似できるものではないとか、ここぞとばかりに周囲は持ちあげた。

それはそのまま経平への悪意に転化する。

経平への逆風はさらに増した。

誰も話しかけず、ろくな仕事も与えられず、蔵人所の一間でただ座って日々を過ごすだけになったのである。


菊月は、事件については聞いていたが、顛末《てんまつ》まで聞いたのは初めてだった。

「これは、一切合切が終わってからの俺の勘だけど、衣裳をずたずたにしたのはそのお貴族さま本人だったのではないかなと思っている」

菊月は無言で頷いた。あり得る話だと思ったからだ。

血筋だけで務まるほど蔵人所は甘くない。経平をいびり続けていたその若い貴族は、摂関家に連なっているということ以外に何もなかったのだろう。だからこそ、政治的に弱い他家の経平をいじめることで優位に立った気分でいたのだ。

けれども、忙しくなれば他人をいびっているだけの男など、誰からも相手にされなくなる。それが耐えられなかったのかもしれない。恵まれた生まれだけでちやほやされてきた自分を続け、弱い自分に向き合わなくていい方法は、自分が被害者となって同情を乞うことだと思ったのかもしれない。それらがまぜこぜになった頭で、その若い貴族が自ら管理する衣裳に手をつけたのだとしたら――辻褄《つじつま》は合う。

「だいたい、酒に酔ったとはいえ、路上で他人の母までも罵るような男がろくな人間とは思えません」

「けど、そんな男でも何だか生き残れるのが、この世の不思議なところさ」

その若い貴族は朝廷での出世こそそれ以上はなかったが、翌年の春の宣旨で豊かな国の国司の地位を得たという。

都を去ったものの、いまでも何不自由ない生活を楽しんでいるらしい。

かたや経平は蔵人所を去った。

まともに仕事もさせてもらえない環境が彼を苦しめたのはもちろんだろうが、経平の性格では、刑罰がなかったからといって蔵人を続けることは難しかったのだろう。

経平は荒れた。

邸に籠もり、書物だけを読み、酒をあおり続けた。

『世の中に正しさなんてないのさ。すべては血筋。情実。親に名があれば、周りは言うことを聞いてくれる。栄達もできる』

経平は世を恨み、世を責め、毒を吐き続けた。

以前の彼にはなかったことだった。

『経平。おぬしの立派なところは俺がよく知っている』

と貞頼は励ましたが、経平は皮肉そうに笑うばかりだった。

『貞頼よ。誰を罰し、誰を許すか。誰を出世させ、誰を冷遇するか。都ではそれが最初から決まっているのさ』

やがてふたりは疎遠となった。

そして先日、経平の母がこの世を去ったと、貞頼は風の噂で聞いたのだった。

四

貞頼の話が終わると、菊月は静かに尋ねた。

「あの邸に、経平どのが住んでいるのですか」

「ああ。すでに母も亡く、猫と静かに暮らしているそうだ」

「……此度《こたび》の事件に、経平どのが関係していると？」

貞頼が顔をしかめる。

「──前の件だって、あやつではない」

「けれども、おぬしは疑っている」

「疑ってなどいないっ」

と、貞頼が低く言い放った。

菊月は貞頼の目を見て言う。

「ならば、どうして訪うのをためらっているのですか」

「…………」

「昨日、おぬしは壊された弓矢の周りを丹念に調べていた」

「当然だ」

すると菊月は袂《たもと》から折った紙を取り出した。

中には菊月が拾った猫の毛が入っている。

それを見た貞頼の顔色が明らかに変化した。

「おぬしは事件の話を聞いたときから経平どののことが頭にあったのでしょう。だから、その周囲をひどく丁寧に調べ、経平どのの犯行の証拠となりそうなものを先に回収しようとしていたのですね。それが、この猫の毛ではないのですか」

「……知らぬ」

「では、やはりわたしが経平どのに事情を聞きましょう」

貞頼が菊月の前に立ちはだかる。

「ふざけるな。どうしておぬしが――」

「わたしは頭中将どのから依頼を受けています。それに、わたしが行かなかったとしても、他の誰かが経平どのに思い至るかもしれませんよ？」

貞頼はいらいらと鬢を掻いた。

「たしかに遅かれ早かれあやつが疑われるかもしれない。――だからその前に俺が話を聞きにきたんだ」

「それならば――」

「俺が聞きにいくのが道理だ」

そう言うと貞頼は今度こそ経平の邸に向けて歩きだした。

菊月が慌ててあとを追う。

貞頼が門で声をかけると、しばらくして男が出てきた。

着ている狩衣は元は整っていたのだろうが、いまは多少くたびれていた。きちんとした烏帽子の下には青白い肌の男の顔があった。学問はありそうだが、どこか疲れている表情で、やや上目遣いにこちらを窺っている。黒猫を抱え、なでていた。

これが、大江経平という男だった。

貞頼が先に声をかける。「ひさしぶりだ。経平」

「そうだな」

と答えた経平の声には、ただ事実の確認だけがあった。いかなる気持ちがあるのか、その声だけでは読み取れなかった。

ただ……ちらりと背中越しに見える邸が、荒れているように見える。

「あいかわらず、猫をかわいがっているのか」

貞頼が笑いかける。だが、ぎこちなかった。

「猫は気まますだが、裏切りはしないからね。――同行の方は？」

経平の目がこちらに向き、菊月は軽く礼をした。

「陰陽寮の安倍菊月と申します」

「大江経平。無位の身です」と形ばかり自己紹介をしているあいだも黒猫をなでている。

「最近は何をしているのだ」と貞頼。

「今言ったとおりだ。無位。わずかばかりの賄で生きている。もちろん知っているよな。三年前、散位寮《さんいりょう》とつなげてくれたのは貞頼だったのだから」

散位寮とは式部省に属する部門であり、位はあっても職を失った貴族たちを管理し、緑《ろく》を与えていた。

「母上が亡くなったと聞いたが」

「ああ」

経平がそれしか答えないので、会話が途切れる。

秋風が邸の木を揺らした。

貞頼が言葉をひねり出す。「――母上のこと、お悔やみ申しあげる」

「ありがとう。それで、今日は何の調べだね？」

経平の言葉に、貞頼がびくりとなるのがわかった。

「調べだなんて……」

「おぬしは検非違使だ。ほぼ三年、顔も見せなかったのが久闊《きゅうかつ》を叙するためだけに来たとは思えない。母が亡くなってすぐならまだしも、二月たっている」

「話を聞いたのが最近だったんだ」

経平が頬を軽くゆがめた。

「そうか。だが、その事件とわたしは無関係だよ」

「え？　もう知っているのか」

菊月は内心で舌打ちした。

この男は貞頼より一枚上だ。経平は「どの事件」とは言っていない。貞頼は勝手にしゃべっている……。

はたして経平の薄ら笑いがより冷たくなった。

「ほう。また新しい事件か。それでわたしを調べに来た」

「ちが……」

「悲しいものだ。おぬしは、友としての顔をしながら、検非違使として来たのを隠してわたしに対していたのだから」

菊月が小さく貞頼の狩衣を引いた。あくまで冷静に平坦に語る経平に、貞頼は翻弄されているのではないか――？

貞頼が突如として鬢を掻いた。

「ああ、面倒くせえ」急に言葉がぞんざいになる。「蔵人所で弓矢が破壊される事件が起きた。その調べだ」

「はは。とうとうおぬしのほうが自白したか」

経平の目に暗いものが灯《とも》る。

「調べは調べだが、おぬしがやったのではないと俺は信じている。――そう言いに来た」

貞頼が言い切ると、初めて経平の表情が動いた。

「だから、おぬしは今回の事件に関係ないと言いに来た。だからもし、どこかの誰かがおぬしのところへ調べに来たとしても、『検非違使の三浦貞頼が証人だ』と言ってやれ」

これには菊月のほうが驚いた。

「ちょっと、ちょっと。何言っているんですか」

「事実を言っただけだ」

「それを調べるのがわたしたちの仕事でしょうが。それにさっきは――」

「たしかに俺も、もしかしたらという気持ちがなかったと言えば嘘になる。けど、こいつは無関係だ。目を見ればわかる。俺の勘がそう言っている」

菊月がどうしていいかわからずにいると、経平が含み笑いを漏らした。

「くっくっく。どうしてこの男と一緒なのかわからないけれども、苦労するでしょ？」

「えっと……」

「蔵人所で弓矢の破損ですか。なるほど、過去の事件とよく似ている。で、陰陽師どのはわたしを疑っている？」

「……壊された弓矢のそばに、猫の毛が落ちていました。本来、猫が立ち入るような場所ではありません」

「なんだと？」

「わたしはこのように猫をかわいがっていますからね。これだけが生きがいといってもいい。衣裳には猫の毛もついているでしょう。それが落ちた。ありえない話ではない」

　菊月がさらに経平に何事かを言おうとすると、それを止めたのは貞頼だった。

「やめろ、菊月。こやつは犯人ではない」

「貞頼……？」と怪訝な表情の経平に、貞頼が向き直る。

「三年前のこと、俺はいまでも後悔している。あのときの俺は上役の言いなりだった。そんなこと、謝っても遅いだろうし、何もかも言い訳にしかならないが、とにかく、いまは俺の勘が告げている。おぬしは犯人ではない。おぬしの話をいまこそ聞けとな」

　経平が侮蔑するような笑みを浮かべている。

「わたしは蔵人だった。蔵人所の構造はよく知っている。下っ端だったから雑用をよくやらされたのでね。いまのおぬしの話だけで、どこの何が壊されたのか、わかったよ」

「経平……」

「主上の行幸などに使う弓矢だろ？　前回の儀式用の装束の間からそう離れていない。前回の真偽はともかく――わたしはやっていないが――そのときの恨みが原因での犯行か。時期も三年前と似通っている。母が亡くなってわたしを留めていたものがなくなった。二月がたってひと息ついたからちょうどいい頃合いだ」

「やめてくれ。俺はそんな話が聞きたいのではない」

経平は菊月を顎でしゃくるように指した。

「そちらの陰陽師どのはそのように考えてるだろう?」

と菊月は菊月なりに誠実に答えたが、貞頼はもう一度言った。

「俺はおぬしを信じる」

「貞頼!」

「俺は今度こそ信じると決めたんだっ。頼む。菊月もあいつを信じてくれっ」

貞頼が叫ぶように菊月に懇願した。

これではどちらがどちらなのか、さっぱりわからない。

菊月は眉間にしわを寄せた。

「経平どのを信じろと言われても、わたしには経平どのがどのような人かもわかりません」

「菊月――っ」

「……けれども、おぬしの言うことなら多少は信じられます」

貞頼が安堵の笑みを見せる。「ありがとう、菊月」

菊月は大きく息をついて、経平に向き直った。

「経平どのが何もしていないことを証明するために、いま抱いている猫の毛を少しいただけますか」

「信じてくれるのではないのかよ」と貞頼が文句を言っている。

「他の人にも信じさせるために必要なのです」

「俺の勘だと、あの黒猫の毛ではないと思うぞ」

経平は数歩近づいてくると、「どうぞ」と黒猫を差し出す。

黒猫が菊月をじっと見て「にゃあ」と鳴いた。

向こうで烏《からす》の鳴き声がする。

五

陰陽寮に戻って菊月は自分の間にこもると、蔵人所で拾った毛と経平の黒猫の毛をじっくりと見比べてみた。

「どうなのだ。菊月」と簀子で貞頼が何度も催促している。

繊細な毛が飛んでいかないように几帳を立てて間と簀子を隔てていたが、声は容赦なく飛んできた。はっきり言ってうるさい。

　何度も見比べて菊月は間から出てきた。

「ちょっとうるさいです」

「おう、菊月。どうだった!?」

「……たぶん違うと思います。毛の質も、色も。蔵人所のは白で、経平どののところは黒」

　貞頼が快哉《かいさい》を叫んだ。

「よし！　そうだろ!?　はは。そうだと思ったんだよ！」

　他の陰陽師たちがこちらをちらちら見ている。

「だから、うるさいです」

「すまん、すまん」

「……でも、よかったですね」

　貞頼が照れくさそうに鬢を掻いた。

「すまない」

　そのときだった。「菊月はいるか」と陰陽頭・賀茂光保がやってきた。

「いま蔵人所から使いがあった。なんでも、先日の弓矢の件、解決したそうだ」

「は？」

「解決って、犯人が捕まったんですか？」

と、菊月と貞頼が口々に聞き返した。

「使いの話では、前の夜、誰かが鍵をかけ忘れたらしい。その夜、たまたま宮中で飼っている白猫が逃げ出して、弓矢を壊したのだとか」

ご苦労だったな、と言い残して光保が去っていった。

光保の足音がすっかり行ってしまうと、菊月と貞頼は顔を見合っておのおの手近な柱に寄りかかった。

「ふ、ふふふ」

「は、ははは」

ふたりは笑い出し、天を仰いだ。

「こんなことがあるのですね」

「ったく、やってくれたな、頭中将さま」

「いまにして思えば、妙な壊れ方ではあったのですよね」

「ああ。矢の折れているところも、弓の弦の切れている場所もまちまちだったもんな」

それだけ互いに言い合うと、ふたりはもう一度声高く笑った。

また他の陰陽師たちが首を伸ばしてこちらを見ている。

散々笑って、ふたり同時に笑い止《や》んだ。

「これで解決、でしょうか」

「まだ何かあるような気がする。俺の勘だけど」

「——当たってほしくない勘ですね」

菊月の頭の中で、経平の黒猫の目と鳴き声がこだましている……。


その夜、左京を見回っていた検非違使が何者かに襲われた。

背後から深く斬られたのである。

それが三夜、続いた。

ひとりは死んだ。


陰陽寮で、菊月と貞頼が難しい顔で向かい合って座っている。

「……生き残ったおふたりのうち、おひとりはまだ目を覚まさないのですね」

ああ、と貞頼が沈鬱な表情で頷いた。

夜の都で検非違使が襲われただけなら——それでも大事件なのだが——検非違使たち

が徹底的に捜査をするだろう。

だが、この事件は菊月と貞頼に回された。

回されるだけの理由があった。

相手は検非違使だけを確実に狙っていたようだが、それが問題だった。検非違使の見回りの仕方は秘密にされているからである。盗人の目を欺くためだった。それがなぜわかっていたのか……。

「唯一しゃべれる奴が言っていた。『猫のあやかしにやられた』と」

襲われたとき、猫の鳴き声が大きく聞こえたというのだ。

あやかしがらみとなれば、陰陽師の出番となる。

貞頼が、三枚の布きれを出した。赤黒い染みがついている。襲われた三人の検非違使の衣裳の一部だった。

「ここから、読み取れるものを読み取ってみましょう」

「頼む」

菊月が祭壇の前に移動する。

血のついた布を捧げ、静かに祈った。

菊月が複雑に印を結び、呪を唱える。

貞頼も今回は静かにそれを見つめていた。

「急急如律令――」

菊月の身体から不可視の光が発され、祭壇に向かう。さらに祭壇から光が照射され、血塗られた布を包み込んだ。

菊月の頭上に同じ光の柱が立つ。

光は天に伸び、はるか仏神の世界へ届き、その智慧と慈悲につながる――。

しばらくして、菊月は印を解いた。

菊月は閉じていた目を開く。

「犯人は――」

白皙の美貌に苦悩がありありと浮かんでいる。

貞頼は小さくうなずいた。

六

その夜。都の空は厚い雲が覆い、星も月も見えない。

左京の大路を検非違使の赤い衣が行く。

検非違使が襲われたからといって、夜の見回りを放置しては盗人を跋扈《ばっこ》させてしまう。

だから、見回らねばならない。

どこからか猫の鳴き声がした。

「にゃあああおおお――」

いや、猫の鳴き声に似せた男の声だ。

検非違使が立ち止まる。あたりを見回す。

辻の夜闇のよどみから、それが飛び出した。

「にゃあおおおおッ」

人とは思えぬ不快な声。

猫のように飛びかかるその手に、白刃がある。

検非違使が振り向く。遅い。猫の鳴き声。振り下ろされる太刀――。

そのときだった。

「ぎゃあああッ」

襲いかかるあやしのものが、殴り飛ばされた。

殴り飛ばされたあやしのものが横ざまに転がる。それは四つん這いになって体勢を立て直した。

「しゃあああああッ」

あやしのものが威嚇する。

殴りつけたのは黒の狩衣、貞頼だった。

「待ってたぜ……わが旧友」

貞頼の声が苦い。

四つん這いのあやしのもの――経平が目をむき、歯をむいている。

「なぜわかった？」

それに応えたのは赤い衣の検非違使のほうだった。

「あれだけ派手に暴れれば、呪をもって探るのは容易です。猫にしては大きすぎ、人にしては愚かすぎる――経平どの、畜生道に堕《だ》すつもりですか」

それは検非違使の言葉ではない。

検非違使の衣をかぶった純白の陰陽師・安倍菊月だった。

「陰陽師かッ」

「わたしの占は見逃しません。犯人も、そして経平どののがまた凶行に及ぶことも」

「それならばッ」と四つん這いのままで経平が吠えた。「どうして三年前、あの事件を占してくれなかったッ!?　その力があれば、わたしの無実を文字どおり証明できたのではないのかッ⁉」

　菊月が言葉を失う。

　その瞬間を半ばあやかしと化した経平は見逃さない。

　経平が跳ぶ。

　手に太刀が光っている。

「愚か者がっ」と貞頼が叫び、立ちはだかった。

「貞頼⁉」

　気づいたときには経平と菊月のあいだに貞頼がいた。地面に血が落ちる。貞頼が経平の刃を握りしめていた。

「経平、正気に戻れっ」

　傷の痛みをものともせず、貞頼が怒鳴る。

「わたしは正気だッ」と経平が言い返す。「正気でないのは世間だ。三年前、わたしは罪人とされた。罰せられなくとも罪人の烙印《らくいん》はついたまま。無実のまま罪人として残りの生を生きていくのだぞ⁉　母はそんなわが子を見ながら死んでいったのだぞ⁉」

「…………っ」

「だから今度の弓矢の事件でも再び疑われた。おぬしらが来る少し前に、若い蔵人が訪ねてきたわ。かつてのように散々にわたしをなじり、検非違使に処罰させてやると脅しになッ」

「経平、それでは――」

先日の経平の邸でのやりとりを思い出す。経平が利発なので貞頼に弓矢の事件のことを吐かせたのかと思ったが、すでに経平は弓矢の事件のことを知っていたのか――。

「奴らは来たさ。邸の中を土足で歩き回り、わずかに残った家財を壊しながら、『おぬしがやったのだろう』と恫喝《どうかつ》してきた。わたしが無実を訴えれば、奴らは殴り、蹴り、わたしに無理やりにでも自白させようとした」

「なんという……」

と、貞頼が顔をしかめた。

「亡き母の衣裳も破り捨てられた。残っているのはこの身と黒猫だけとなった。わかるか？　奴らはわたしを人として扱わなかった。蔵人だったときもそうだった。無位になっても奴らはわたしを逃がさない。ならばわたしが『人』でありつづける必要もないではないか」

「だからと言って――」

と言いかけた貞頼を遮って、経平が吠える。

「二度も罪人と目され、誰にも声は届かず、人がましい扱いすら受けなくなったこの身。望み通り、人を捨ててくれるわッ。どうだ、これで満足だろう!?」

「俺はそんなことを望んでいないぞ」

経平が正気ではない表情で貞頼に顔を近づけた。

「おぬしも言っていたではないか。わが邸を訪れたときには疑っていたとッ」

「――っ」

「考えてもみよ。どうしてわたしが内裏に侵入できる？　もしそんなことができるなら、いまだって蔵人どもを殺し回っているわ」

貞頼の腕の力が抜ける。

経平が刃を抜き、振りかざした。

貞頼はその動きをぼんやり見ている。

「おいっ」と菊月が貞頼を蹴り飛ばした。

経平の刃が、菊月の纏《まと》う検非違使の衣を裂く。

「何をする、菊月」

「おぬし、斬られようとしたでしょう！」

「だって、俺もあやつを――」

「しっかりしてください！　おぬしが悪に斬られても、自ら堕した経平どのへの詫《わ》びにもならないし、経平どのの改心にだってなりませんっ」

「よくわかってるではないか、陰陽師ッ」経平が狙いを菊月に変えた。「わたしは改心などしない。おぬしらを殺してやるッ」

菊月は両手で複雑に印を結び、唱えた。

臨《りん》・兵《ぴょう》・闘《とう》・者《しゃ》・皆《かい》・陣《じん》・列《れつ》・在《ざい》・前《ぜん》

「――縛ッ」

九字を放ち、さらに緊縛の呪をのせる。

菊月の法力が経平を絡め取った。

「う、動けぬ……ッ」

経平の手から太刀が落ちる。

「やはり――」と菊月が顔を曇らせた。

「何がだ」と貞頼。

「本格的に畜生道に堕したならもはや会話が成り立たないほどになることもままありま

すし、この程度の呪で緊縛できるとは思えません」

「そうなのか!?」

畜生道とは、仏教における六道のひとつであり、その名のとおり鳥や獣、虫など畜生の世界であり、約三十四億種類の苦しみがあるという。生きている人間がその悪業の報いとして赴くのだが、生前の心のあり方が畜生ともっとも強く同調していたからだとされる。

ゆえに、生きながらにして畜生道に堕ちるには、その心を畜生に染めあげなければならない。

「猫のあやかしと一体になるやり方はいくつかありますが、もっとも簡単でもっとも激しいやり方は、猫の命を奪って行うもの。黒猫をかわいがっている経平どのにそこまでのことはできないはずです」

「うるさいッ。黙れッ」

経平は目を血走らせ、口を大きく開き、よだれを垂らしながら身をよじりつづけた。

貞頼が経平の前に立つ。

経平は貞頼に嚙みつかんばかりにもがいた。

貞頼はその経平を抱きしめた。

「今度こそ、おぬしの話を聞く。ぜんぶひとつ残らず、ちゃんと聞くから」

経平の動きが止まった。

星ひとつない夜空を、経平は見あげる。

「う、う……うああああ――」

経平は慟哭《どうこく》した。

それは猫の声でもあやしのものの声でもなく、人間の声だった。


応援に来た検非違使に引き立てられていく経平に、菊月はあることを尋ねた。

「どうして検非違使の見回りを襲えたのですか。道順は毎日違うはずです」

「……京の闇は濃い。その気になれば知る手立てはいくらでもあるのですよ」

「まともに答える気はない、ということですか」

「ないね」

「おぬしは猫を殺さなかった。それはとりもなおさず、おぬしが人だったことを――慈しみの心を持つ人でい続けたことを表しています」

「…………」

「教えてください。おぬしを畜生道へ転落させたのは、その呪法を授けたのは、いったい誰なのですか」

経平が左右に視線を動かす。

答えてくれるか……？

しかし、経平はゆがんだ笑みを浮かべて告げた。

「すでにわたしは畜生道に半分堕ちた身。人の世の理《ことわり》に従う気はありません」

「……残念です」

経平は貞頼に首をねじ向けた。

「貞頼。今生の別れだ。わたしの猫を頼む」

それ以上、経平は何も言わなかった。

遠ざかっていく経平の背中に、貞頼はただ「ごめん」と謝っている——。

第三章　女御への呪い

一

秋が終わろうとしている。

日ごとに昼が短くなり、涼しさは寒さに変わっていく。

検非違使・三浦貞頼は陰陽寮に急いでいた。

「天地万物は御仏の経綸《けいりん》。諸行無常こそ世の真理か」などと悟ったようなことをぶつぶつつぶやいているのは、季節の深まりのせいだけではない。

旧友の大江経平の刑が執行されたためだった。

経平は三人の検非違使を襲い、結局三人ともが死んだ。

律令の定めに従うなら経平には死罪が相当するのだが、この平安京で死罪が停止されて久しい。経平もまた、死罪にはならず、佐渡への遠流となったのである。

昨日、経平は北面の武士に付き添われて旅立っていった。

本来、流罪となった罪人の護送は検非違使がするものだが、経平は検非違使殺しである。あってはならないことだが、道中で護送する検非違使が経平に私刑をしないとは言い切れない。よって、北面の武士が務めることとなった。

佐渡は遠い。そのうえ、経平は人を殺して死の穢《けが》れを背負っている。

おそらくもう会えることはない。

その事実が、貞頼を深い思いに誘っていた。

だが自らがいま口にしたとおり、諸行は無常であり、とどまるところはない。よきことも、悪しきことも。

流れゆくがゆえに、今日も検非違使の務めを果たさねばならぬ……。

陰陽寮に着き、笑顔を作った。

「検非違使大志・三浦貞頼、参りました」と大声で告げれば、若い使部――毎日通っているので知り合いになった――が、微妙な顔をして、「またちょっと賑やかにやってます」と小声で言うではないか。

いままでのしんみりした気持ちが台無しである。

「今度はなんだ」と聞き返す間もなく、奥から安倍菊月の声がした。

「そのような乱暴をしてはいけないと言っているでしょうっ」

「そうは言うが、かわいいのだからいいではないか」

「かわいい⁉　かわいいと言うのなら、丁寧に扱ってくださいっ」

「わしだって好きなのだから」

「ダメなものはダメですっ」

貞頼は口をへの字にした。

「いったい何をもめているのだ。聞きようによっては多少けしからぬものを感じるが」

若い使部が「え？」と小首をかしげる。

「いや、いい」と貞頼は奥へ入ることにした。「俺のような汚れた大人にはなるなよ」

菊月と光保の言い合いの続く間へ近づくと、歩きながら名乗ってみる。ないだろうが、万が一、最中だったら困るから。

言い合いのあいだに鳥の鳴き声がした。

「だからもうやめてくださいっ」

「わしにだって触らせてくれてもいいではないか」

「何をしているんですか」と貞頼は立ったまま声をかけ、固まった。

あ、と菊月と光保が振り向く。

ふたりのあいだには鳥かごが置かれ、文鳥が「ちちち」と鳴いていた。

菊月たちは文鳥の世話のことで言い合いをしていたのだった。

光保がいなくなったあとも、菊月を前にして貞頼は何度も大きなため息をついていた。

「まったく……陰陽寮は暇なのか」

「そんなわけないでしょう」と菊月が文句を言う。言いながらも、かいがいしく文鳥の世話をしている。「この子の世話をしなくてはいけないし、占もしなければいけないし、悪鬼の調伏もしなければいけないし」

「文鳥の世話が筆頭かよ……」

「陰陽頭はダメなんですよ。かわいいからといって触りすぎ、餌やりすぎ。そんなことをしたら文鳥は病気になってしまいます」

「陰陽師ならそんな病、調伏してしまえばいいだろ」

「不摂生による病は調伏できません」

菊月は今日も白い狩衣姿である。貞頼は漆黒の狩衣。ふたりのあいだの文鳥はそれぞれの色を受け継いだような身体をしていた。

いま文鳥は水を飲むことに忙しいようだった。

菊月が鳥かごから顔をあげた。

「今日はいつもと感じが違いますね」

「そうか？」

「少し落ち込んでいたりしますか？」

「あー……そうかもしれない」と言って、貞頼がほろ苦い笑みを見せた。「経平が昨日、都を出た」

「！　そうでしたか……」

菊月が再び鳥かごに目を落とした。

文鳥が水浴びをしている。

「なあ、菊月。聞いていいか」

「なんですか」

「おぬし、本当に安倍晴明の再来なのか」

安倍晴明についての数々の逸話は、貞頼でも知っている。卒去して数年だが、それらの逸話はすでに伝説めいている。

菊月は文鳥を見つめたまま苦笑した。

「はは。そんなわけないでしょう」

「違うのか」

「違います」菊月の答えは明瞭だった。「なぜなら、安倍晴明が存命中にすでにわたしは生まれています。それどころかもう立派に陰陽師として活動していたからです」

人間は死しても輪廻《りんね》し転生すると御仏の教えには説かれている。

だが、同じ時、同じ場所に、同じ人間がふたりして生まれることはない。それができるなら、釈迦大如来《しゃかだいにょらい》が一斉に億万人となって生まれ変わればいい。そうすれば、世の光明化はたやすいだろう。しかし、そうはならないがゆえに人の営みがあり、そこに悲喜こもごもの物語がつづられていくのだ。

その物語を考えるなら、生まれ変わりは時や場所を隔てるか、役割を変えなければ、意味がない。

「だが、みなが菊月を安倍晴明の再来だと言っているそうではないか」

「聞かれたら否定します。でも、聞かれてもいないのに『わたしは安倍晴明の再来ではありません』と言って回るのはかえって嫌らしいと思います」

逆の意味で自慢のように捉える者もいるかもしれない。

「面倒なものだな」

「親の名が大きい貴族子弟も似たようなものかもしれません。わたしと安倍晴明は親子でも何でもないのですけど」

文鳥が小さく鳴いた。

「もうひとつ聞いていいか」

「どうぞ」と菊月が文鳥をあやしながら言う。

「あらためてなのだが――どうしてその、男の姿をしているのだ？」

貞頼の声が小さくなった。

菊月の動きが止まる。

「――女では役人としての陰陽師になれないからですよ」

今度の答えも明瞭だった。

「女のままでも修行を積めば陰陽師の力は振るえるのか」

「それはそうです。修行によって得られる法力は、男も女もありません。でも――」

「男でなければ官位は持てず、参内も昇殿もかなわない、か」

菊月は苦笑してみせる。

「女の身でも参内昇殿を果たすことはできますよ。しかるべき女房になるか、后となればいいのです」

「それこそ、男が官途に就くより難しいかもしれない」

貴族の家に生まれた男子なら、本人のやる気である程度は道が開ける。摂関家の生まれほど有利でなかったとしても、大学寮を出て文官になる道もあるし、検非違使や蔵人になることもできる。貞頼や経平のように。

それに、もともと陰陽師たちは定員こそ少ないが、官位は高くない。それは家柄による選別が重要ではないことを意味する。

ところが、女房や后となるには男以上の難しさがある。まずは、どのような家に生まれたか。年頃になったときに、どれほど政治的に強い後ろ盾があるか。そのような血筋と家柄が絶対に必要で、その上で運がなければいけない。

だから、菊月は言うのだ。

「わたしは自分の努力で道を開きたかったのです」

貞頼は鬢を掻いた。

「菊月は立派だよ」

「普通ですよ」

「いや、立派だよ。並の男でも到達できないところへ行っているのだから。法力も位も」

菊月が鳥かごから顔をあげた。

「おぬしもいまから陰陽師の修行をしますか」

貞頼が何か答えようとしたときだ。

簀子から使部が声をかけてきた。「おふたりにお目にかかりたいという方が来ています」と。

訪問してきたのは眉の太い貴族、藤原通久——過日、東市での騒動から始まる事件に深く関わった人物だった。

「おお。通久どの」

貞頼が朗らかに呼びかけると、通久は丁寧に頭を下げた。

「その節はたいへんお世話になりました」

「あれ以来、市で暴れていないか？」

「ははは。貞頼どのもお人が悪い。わたしがあのような狼藉をしたのは、後にも先にも一回限りのことですよ」

「今日はどのような……？」と菊月が水を向けると、なぜか通久は頬を赤くした。

「どうされた？」

と貞頼が尋ねれば、通久はなおさらもじもじとしはじめるではないか。

「あのぉ。通久どの？」

重ねて菊月が声をかけると、通久は真っ赤な顔をまっすぐに向けてしゃべろうとし、息を飲んだ。

何度か魚のように口をぱくぱくさせて、ついに言った。

「このたび、山萩を妻として迎えられることになりました……っ」

驚いて一瞬、間があいてしまった。

だが、すぐに菊月たちは笑顔になった。

「それは、それは」

「めでたいではないか」

ふたりに祝福されて、通久はますます顔を赤くしている。

「ずいぶんとんとん拍子にことが運びましたね」

「通久どのの父上はどう説得したのだ？」

「父は病に倒れてからすっかり弱気になってしまいました。兄に厳しく当たり、死なせてしまったという自責の念が吹きだしてきたようです」

「なるほどなぁ」

「そのうえ山萩にもひどい仕打ちをし、呪までかけていたわけで、それをわたしが知っているとは知らないでしょうが、そのことも父のなかでは慚愧《ざんき》の念が渦巻いているようです」

菊月が小さく頷いた。

「病は嫌なものですが、病に倒れてはじめて人生を反省することもあります。それによって人間らしい心を取り戻せるのなら、これもまた釈迦大如来の大いなる計らいでしょう」

「おっしゃるとおりだと思います」

「観童丸は元気ですか」

「あのときわずかに顔を合わせただけの観童丸が、わたしにひどくなついてくれまして。『なんだか父のように思える』と」

観童丸の父は通久の兄だ。幼くして別れた父の面影を、通久に嗅ぎとっていたのかもしれない。

その観童丸のおかげで、山萩との仲も深まっていったとか……。

「へえ。子はかすがいというところか」

と貞頼が、わがことのようにうれしそうにしている。

「うれしくはあるのですが……実は、心のどこかで山萩の中の兄の面影につけ込んでいるのではないかという気持ちもしてしまうのです」

「それは気にしなくていいと思いますよ」と菊月が答えた。「あの山萩という方は、兄上と通久どのを比べるような人には見えません。あの方なりに心の整理がついたから、通久どのへの想いを持たれたのだと思いますよ」

　通久がほっとした顔になる。

「そのように言っていただけると、心のつかえがおりる気持ちです。それにしても陰陽師というのは女性の気持ちにも通じているものなのですね」

「え？　あー、まあ、そうですね。わたし、後宮でもお役に立ったことがありますし」

「そうでしたか。それはよかった」

「よかった？」

「自分の話ばかりしてしまって申し訳ございません。本日お伺いしたのは、山萩のことの報告もありましたが、ちょっとお耳に入れておきたいことがあったのです」

「それは……？」

　通久は咳払《せきばら》いをして続けた。

「女御《にょうご》さまの周りでなにやら不穏な気配がありそうなのです」

　ここまでの和やかな空気が断ち切られる。

　菊月は威儀を正した。

「詳しく伺いましょう」

二

女御・静子《さだこ》は、いまの左大臣・藤原道保の長女である。

入内《じゅだい》したのは五年前で、このとき静子は十一歳だった。

当時、帝は十五歳。

静子の入内の先年、三歳年上の中宮・信子《のぶこ》を亡くしていた。

帝と信子は四年間ともにいた。

信子が入内した当時は彼女の父が左大臣を務めていて、彼女の弟も参議だったから、政治的に盤石だったのである。

その頃の道保はまだ権中納言にすぎなかった。

だが、信子が入内したあと二年ほどたって父親が逝去。

その心痛から信子は臥《ふ》せりがちになり、寺院への寄進や供養を重ねながら身を養っていた。帝は変わらず信子を慈しみ、何かあればすぐに陰陽師や密教僧に修法を執り行わせて信子を支えたが、その甲斐なく父の死後、二年で崩御したのである。

信子は帝の寵愛《ちょうあい》を一身に受けていたが、入内してからこの世を去るまでの四年間に懐妊することがなかった。

しかも、信子が存命のあいだ、帝は新しい后を迎えることを拒み続けた。力をつけてきた道保のほうでも、「主上は中宮を慈しんでいらっしゃるのだから」と、他の貴族たちが入内させようとするのを断念させてもいた。

道保は自分の娘の静子を入内させたかったのだが、まだ裳着もすませていない年ではそれもかなわない。ゆえに時間を稼ぐ必要があったからだった。

信子崩御ののち、道保は静子の裳着を急ぎ、そして入内させた。

道保なりの苦労の末に入内させた静子だったが、これまたなかなか懐妊の兆しが見られないでいたのである。

その静子が五年たってついに懐妊した。

道保にとっては「やっと」という思いだったろう。

左大臣・道保はすぐさま各地の寺社に安産祈願をさせ、自らも石清水八幡宮《いわしみずはちまんぐう》に参詣して祈禱をしている。

そんな折、女御・静子の周りで妙な噂が立っているというのだ。

「静子は無事に主上の子を産めるのだろうか」と。

「口にするのも畏れ多い話です」

と、教えてくれた通久も脂汗を拭いながら言っていた。

貞頼が渋い顔をしている。

「噂というのはそういうものだ。無責任で、場合によっては嫉妬が心配面の仮面をかぶって歩き回っているようなものさ」

「なかなか言い得て妙ですね」と菊月は微笑んだが、そのあと真顔になった。「呪いの本質も、無責任な嫉妬です。だからこそ、ただの噂だと侮るのは問題があります」

「やはり……」

「人の使う言葉には大なり小なり言霊《ことだま》という力があります。簡単に言えば、言葉はその人の将来を引き寄せ、その人の人生を変え、その人の心を変えていくのです」

ある人を嫌いだと思い、それを口に出す。周りの者が「あの人は彼を嫌いなのだな」と思う。何よりも自分がその言葉を聞き、「やはり自分は彼が嫌いなのだ」と確認し続ける。それによって周りの目も変わっていくが、自分の心が「彼が心底嫌いだ。見るのも穢らわしい」と嫌悪から憎悪へと変わっていってしまう……。

卑近な例だが、言葉の力は現実にあるのだ。

すると、貞頼が言った。

「けれどもいまは噂なのだよな？　目に見えた呪にはなっていない……」

話を持ってきた通久がしきりに頷く。

「それが厄介なのです。もし呪とおぼしき変異が現れていれば左大臣さまもそれと気づきましょうし、正式に陰陽寮などへ相談が来ると思うのです。ですが――」

「ただの噂では、陰陽寮に話を持って行きようもないですよね」

菊月が嘆息する。

いずれにしても、貴重な話だった。

通久に礼を述べて見送ると、菊月は貞頼と今後のことについて話し合った。懐妊中の女御の身に関わるかもしれないので、光保も交えて打ち合わせをしていく。

日が暮れ、夜遅くになるまで話し合いは続いた。

そうして菊月は大きな決断をするのだった。

三

通久の話から三日後、内裏後宮の弘徽殿《こきでん》に菊月と貞頼がいた。

菊月は雪のような白の狩衣、貞頼は夜闇のような黒の狩衣というのが大路を闊歩するときのいつもの姿だが、いまは違っている。

貞頼は黒は黒でも参内に用いられる束帯と冠を身につけていた。菊月とともに参内を重ねるうちに、貞頼も多少はこの姿になれてきた。

問題は、菊月の姿だ。

貞頼は少し後ろを膝行《しっこう》する菊月の姿を、何度も振り返っていた。

「あまりこちらを見ないでください。目立ちますから」

「そうは言うが……」

どうしてもちらちらと見てしまう。

さほどに美しかった。

いま、菊月は普段の男の姿を捨て、唐衣を纏った女房装束になっているのだ。

紅《くれない》の匂《におい》の襲色目はうっとりするほどに色の変わりゆくさまに品があり、その上に羽織った紅梅の単《ひとえ》にはこまやかな紋が散りばめられていた。まさに梅薫るように艶やかでありながら、清らかだった。

さらに、普段は烏帽子に隠されている髪が背中に流されている。

極上の絹織物もかくやはという光沢のある黒髪は、すでに何人もの女房女官の羨望を集めていた。

ほっそりとした白い指が、女の使う衵扇《あこめおうぎ》を優雅に持ち、顔を隠している。

貞頼は思わずため息をついた。

「菊月。おぬしはやはり男の姿のほうがよいかもしれない」

美麗すぎる菊月の頬がひくついている。

「そんなに似合わないですか。似合わないですよね。わたしだって似合わないと思っているのですから、そこには触れないでください」

「いや、まったく逆なのだが……」

菊月は本気で、このような装束は自分には不似合いで不格好で不調法だと、心の底から煩悶《はんもん》していた。

菊月が咳払いした。

「とにかく、少し確認しておきましょう」

と菊月は貞頼を伴って近くの間に入る。

几帳などは用いず、周りから何をしているか見えるようにしていた。

これならば、遠目には女房が親族の男と会っているくらいに見えるだろう。

しかし、菊月は菊月だった。

間に入ってすぐ、十二単の袂から呪符を取り出すと、息を吹きかけるように呪をささやきかけた。

「――急急如律令」

これで、この間での会話が外に漏れ聞こえることはない。

貞頼が鬢を掻く。

「それにしてもなんというか、思い切ったものだな」

「何がですか」

「その格好だよ」と、貞頼が菊月に目を合わせずに言った。「まさか女房の姿になるとは」

「仕方がありません」

「とても美しく仕上がっていると」

思う、と言いかけて、貞頼は黙った。

金地に鶴の絵の描かれた上品な衵扇から覗かせている菊月の目が、明らかに激怒していたからだ。

「からかいも度が過ぎると怒りますよ」

「すでに明らかに激怒しているではないか」貞頼が小声でつけくわえた。「……それにからかっているわけではないのだが」

「不本意ではあるのです」

どうやら貞頼の小声は聞こえなかったようだ。

「……それでも、するのだな」

「仕方がありません」と菊月が繰り返す。「まだ呪になっていない呪を突き止めるには、わたし自身がその現場に溶け込むしかありませんから」

「そうなんだよな……。俺も多少話を聞こうと思ったが、知り合いがいなさすぎてまともな話が聞けない」

「そういうものです。なんだかんだ言って、知り合いかどうかで口の軽さは変わってきます」

宮中の人間は、聖人ではないのだ。

「それにしても、本当に思いきったものだと思う。どうしてなのだ？」

と貞頼が疑問を口にすると、菊月は視線を少し落とした。

「女御さまと親しくしていたわけではないのですが、女にとって懐妊と出産は命懸けの大仕事です。過去を振り返れば、産褥《さんじょく》で命を落とした后はひとりやふたりではすみません」

「そうだな」

貞頼は頷いたが、菊月から見ればわかっていないと思う。

菊月も子を産んだことがないから本当の大変さはわからないが、やはり女の身として深く感じるところはあるのだった。

「もし呪がわかってから、わたしのような陰陽師が出てきたとして、それはすでに呪を被ったあとの話です。つまり、わたしたち陰陽師は常に手遅れなのです」

「ふむ……」貞頼が先ほどとは違う深さで頷く。「それを言うなら、検非違使も同じようなものではないか」

「そう。陰陽師も検非違使も、何かあってからしか動けないでいた。でも、わたしたちが力を合わせることで少しでも先手を打てるなら、それで初めての懐妊でご不安であられるだろう女御さまを安んじられるなら、あえてこのような格好になります」

「ふむ」貞頼が唸るようにした。「やはり菊月は立派なものだよ」

「普通ですよ」

「なら、立派な普通だということだ」

弘徽殿は人通りが多い。

もともと弘徽殿は、帝がもっとも寵愛する后に与えられる殿舎という慣例が多くあった。

場所としても、帝の生活空間である清涼殿、政を執り行う紫宸殿からも近い。

さらに言えば、西廂などには後宮十二司の女官たちの間もあり、女官女房のみならず蔵人はじめ男たちの出入りも激しい。

人の出入りが激しければ、噂の類いも集まりやすいだろうとふんで、菊月は弘徽殿にいる。

弘徽殿の西に、女御・静子の御座所のある藤壺が見えるのも、この場所を選んだ理由だった。

「季節になれば、藤の花がきれいでしょうね」

と菊月が藤壺を眺めやる。

藤は、梅や桜のように自らだけでは思うように伸びゆかない。支えがいる。そこで松の木に這わせて伸ばしていた。

「俺はこんな所に入るのは初めてだけど、菊月も藤壺の藤を見たことはないのか」

「一度だけあります。品のある紫の花弁がとても美しかったのですが、花の盛りを過ぎた頃だったので、虻《あぶ》が多くて閉口しました」

貞頼が立ち上がる。

「それでは俺は俺で少し周りを見てくる」

「大丈夫ですか」

「なじみの顔がいないからなかなか溶け込めずに話が聞けないと黙っていたって、状況は変わらない。せっかくだから左大臣さまの名を存分に使わせてもらうよ」

今回のふたりの調べについては、左大臣・道保の内諾を受けている。菊月も貞頼も道保の北の方の親類ということにした。

これならば、内裏を歩き回っていても、怪しまれない。

貞頼のほうは、頭中将の朝綱には多少顔を知られているが、そのあたりは察してくれるだろう。

菊月にいたっては、この姿を誰も見たことがない——誰もどころか、菊月自身も今日まで見たことがなかった——のだから、問題ない。

「かえって左大臣さまの名に傷をつけないようにしてくださいね」

と菊月が釘を刺すと、貞頼は笑いながら出ていった。

貞頼が出ていってすぐ、帝付き女房だという者から「どなたでしたでしょうか」と尋ねられたが、「左大臣さまの北の方の血縁で……」と、しおらしく言ったら納得されてしまった。

「そうでしたか。わたしは弁内侍《べんのないし》と呼ばれています。何かわからないことがあったら、なんなりとお聞きください」

「畏れ入ります……」

左大臣の北の方の親類というのが絶妙だった。

左大臣の北の方は、源氏姓を賜っている血筋である。つまり、遡れば皇室に直結するのだ。

左大臣の親類では、よくも悪くもまず利用価値を値踏みされる恐れがあったし、そもそも嘘が見破られるかもしれない。

ところが、左大臣の北の方と関係があるのだ、となると、迂闊《うかつ》な真似はできなくなる。血筋の上でも、道保との関係でも、だった。

先ほどの帝付き女房が去ると、菊月は脇息を引き寄せて肘をのせた。ずっと衵扇を持っているのも疲れるものだ……。

本当なら几帳を立てるか御簾を下ろすかして人の目を避け、印を結んで呪を使いながら静子周辺の状況――人の心の乱れ具合と、それに引き寄せられた生霊や悪鬼などがいないかどうか――を確かめておきたかった。

けれども、それは陰陽寮でもできる。

せっかく藤壺が見える間なのだから、まずはしっかりと観察しておこう。

静子の周りの女房たちが動き回っているのがよく見えた。

ひとくちに女房と言っても三種にわかれる。

上臈《じょうろう》女房、中臈《ちゅうろう》女房、下臈《げろう》女房である。

上臈女房は身分の高い女房たちで、公卿の娘たちがなった。御匣殿《みくしげどの》、尚侍《ないしのかみ》、二位三位の典侍《ないしのすけ》などの女房名を持っている。后や大臣たちと血縁ある者たちばかりで、禁色も許されていた。彼女たちは主として御座所にい続け、女主人の話し相手を務める。

中臈女房は文字どおり主として受領階級の中流階級出身の娘たちであり、下臈女房はそれより下、六位の官人や賀茂神社などの社家の娘たちがなるという。

先ほどから藤壺を出入りしている女房たちは、中臈以下の女房たちである。


その姿を見ながら、思う。

もし菊月自身が女房勤めをしていたら、と思い浮かべてみたのだ。

だが、すぐに行き詰まった。

自分はそもそも後宮に出仕できるほどの家柄ではないはずだからだ。

そもそも自分の生まれについてはあまり覚えがない。

物心つく前から霊能の世界に慣れ親しみ、物心ついた頃には男の身なりをするようになり、「安倍」を名乗るように言われた。

幼い頃は、ときどき光保が「男の身なりをすること、つらくはないか」と気にかけてくれたが、菊月はつらいと感じたことはなかった。

陰陽師の世界が好きだったからだ。

呪などの霊能が好きという意味ではない。それらも興味深いが、陰陽道が教える世界の原理としての五行を学んだり、霊能を深めていくのに欠かせない心を見つめる日々に、たとえようもない充実感があった。

まだ童だった菊月が光保に質問した。

「光保さま。人の心はなぜこれほどに千差万別でありながら、どの人にも同じ心の働きがあるのでしょうか」

たとえば喜怒哀楽であり、同苦同悲の心である。

「菊月、よいところに気づいた。それこそ人間が仏の子である証左であり、心を通してすべての人と御仏はつながっていると説かれている」

「ああ、なるほど。人も世も別々のように見えて同じ御仏の法のもとに生かされているというのは、それを言うのですね。だから、天文や暦での占ができる……」

各人に心という共通項も、その有り様を包む仏法もなければ、各人の人生はばらばらで行き当たりばったりになるから、未来を読むことも理解し合うこともできないだろう

——そのようなことを菊月は理解していたのである。

そのように自らの知識が増え、智慧が増えていくことが楽しかった。

時に、菊月が十歳のときである。

「菊月は密教僧としても大成していただろう」とは、その頃に光保に言われた言葉だ。古今の書物や仏教の経典を読み込み、嚙み砕く力にすぐれ、体力にも恵まれ、修行態度もまじめだったからだ。「しかし、高野山には男しか修行に入れぬからなぁ……」

そのときの光保が残念そうな、悔しそうな、不思議な顔をしていたのを覚えている。

密教僧になれなくても、まったく不満はなかった。陰陽師であっても修行の過程で仏教経典に慣れ親しむことはできたし、おかげでその経典に流れる御仏の智慧と慈悲を垣間見ることはできたから。

かといって、いま目に映る女房たちを軽んじるようなつもりもない。

菊月が普通の女の生き方をしていたなら、宮中に上がることはかなわず、どこかの貴族——運がよければ摂関家——の邸に仕える女房になれれば、十分だっただろう。

後宮に出仕できるだけでも、選ばれた女たちなのだ。

生き方は違うと思う。

優劣の問題ではないけれども。

女房たちが笑い合う姿が見えた。

その姿を見て、菊月も小さく微笑む。

せいぜいどこかの貴族の邸に仕えられたらというくらいだっただろうと思える自分が、もっとも華やかな女たちの世界を垣間見ているのがおかしかったのだ。もちろん、男たちも――全員ではないにしても――都の中でもっとも身分も教養も趣味もそろった者たちが、そこここを歩き回っている。

今回、後宮に潜り込むにあたり、女房装束に袖を通した。

生まれて初めてのことだ。

烏帽子に押し込めていた黒髪を放って垂らし、きれいに梳《と》かしもした。

この姿について、貞頼にはあのように言っていたが、本当のところはやや違っていた。

紅をさして祖扇を持ち、すっかり女房姿になってしまうと、菊月は鏡に映るわが姿を見て驚いた。

自分にもこのような姿があったのか。

まず、戸惑った。

戸惑ったが、それ以上に自分の美しさを初めて感じ、驚いた。

宮中で見てきた美しい女房たちに、自らも遜色ないではないか――。

かすかに胸が轟いた。

だが、いま後宮にあがってみて、やはり自分には無理だなと思う。

立ち居振る舞いがまるで違う。

それは一朝一夕に身につく形ではなく、父母やさらにその前の祖父祖母の代から培われた香気を伴って初めてできるものだ。

菊月が陰陽師となるべく育てられたがゆえに陰陽師となり得たように、彼女たちは女房女官となるべく長年努力してきたからこそ、その姿に美しさが宿っているのだ。

けれども、高貴な家に生まれ、后とはいわずとも上﨟女房となるべくきちんとしつけられたとしても、やはり自分には難しいだろうと菊月は思う。

いま、渡殿を行く女房のしずしずとした歩き方。

向こうの間でされている管弦の遊びの優雅さ。

双六や碁、韻ふたぎなどの軽やかな遊び。

おしゃべりで取り上げる歌のひとつをとっても、洗練されている。

真似はできるだろうが、根本的にそれらに対して興味がどうしても湧かない。

そんな暇があったら天文を見たり、暦を調べたりしたいと思う。

わたしはわたしであることが有り難い。

人には向き不向きがあるのだ……。

菊月はぼんやりと藤壺をながめている。

女房が何もせずにそのようにしていれば、誰かから咎《とが》められそうなものだが、そうならないように菊月は隠形《おんぎょう》の術を使っていた。

本来、あやかしから姿をくらますための術である。

この世ならざる存在であるあやかしどもは、肉の目を持っていない。それなのにこちらをそれとわかるのは、相手をこの世のあり方で見ているからではない。人間の持つ目に見えない部分の働き、つまり心の有り様を見て、その者を認識するのである。

ゆえに、あやかしから身を守る方法のひとつとして、心の動きを止めて目くらましをかけるというのがもともとの隠形の術である。

そこから一歩進め、生きている人間の目をも欺けるほどに、陰陽師たちは術を磨き上げたのだった。

この隠形の術の状態では激しく動き回ることはできないのが欠点であるが、いまの菊月のように静かにあたりの様子を窺うにはもってこいの術だ。

「それにしても……意外にうるさいものですね」

と菊月はひとりつぶやいた。

心を研ぎ澄ませて呪を使わずとも、人の話し声がどんどん聞こえてくる。

耳にも心にも。

あちこちで仕事の話があり、歌のやりとりがあり、管弦や碁や双六の音がしている。

ときどき笑い声も聞こえる。

そのくらいなら、うるさいとは言わない。

だがそれらに紛れてときどき、聞き心地のよくない言葉が交じる。

「聞いたか、右大臣の話」

「あの女房、こんなこと言うのよ」

「はいはいって言っていれば、怠けてたってわからないでしょ」

「尚侍って何さまのつもりなのかしら。自分が女御さまみたいな顔して」

人の動向、伝聞、愚痴に悪口。

それらがあるときはこそこそと、別のときには声高に交わされている。

言葉はその人の心を表す。

本心を隠しておべっかを言うこともあるが、それもわかる人にはわかるものだ。

言葉として発される前の心は、ときにその十倍以上に膨れあがっていることもある。

菊月にはそのような声も聞こえている。

忙しくしていればほとんど聞こえてこないものだが、このようにじっと耳を澄ませていれば、発された声だけでなく心の中の声まで聞こえてくるのだった。

これまでも、個別の事柄で帝などに呼ばれて宮中に来たときに多少は周囲の心の声を感得したものだが、今日じっくり腰を据えてみればなかなかなものだった。

この世ならざる者たちのありようがわかるのだから、当然と言えば当然である。

「陰陽寮の人々はよくも悪くも口に出す言葉と心の中の言葉が一致していますけど、宮中はぜんぜんばらばらですね」

たとえばいま藤壺から出てきた女房。微笑んで上﨟女房の命を受けているが、心の中ではその上﨟女房への悪態をついている。

別の女房はまじめに勤めている振りをしながら、今夜はどの男と過ごせるかを品定めしている。

また他の女房は上役の指導を受けている最中だが、夕食の内容は何かを考えてやり過ごしている。まあ、これはかわいいものか……。

そんな心の動きが渦のようになっている。

ある渦は小さいが、別の渦は大きい。

もっとも大きな渦は、自らの栄達を願う渦。それ自体は善でも悪でもない。松も藤も伸びようと願うものだからだ。

ただ、それに次ぐ大きさのもうひとつの渦がいけない。

その心の渦は嫉妬の渦。

自らは努力せず、他を羨み、こき下ろし、引きずり下ろそうとする心。

さらにはその裏返しとして「自分がやった」「わたしのおかげと感謝せよ」という自慢の心。また、自慢が反転して自分への評価が落ちていないか、一度自分を評価した人が他人を評価していないかを気にし続ける心。

そんなものが濁って渦巻き、野分のあとの濁流のようになっている。

その渦巻きを細かく見ようとすると、妙な寒気のあと、さらに熱病のような不快な暑さと鈍い痛みが菊月の身体に食いこんできた。

「これは――きついですね」

たまに呼ばれて宮中で調伏などの儀式をするならまだしも、ずっと殿舎にとどまって女房仕えするのは難しそうだ……。

だがそうも言っていられない。

見つけた嫉妬の渦の声を拾っていく。

女御に向かっていく嫉妬がないか——。

聞いているだけで、頭がぼうっとするような汚い言葉の数々が菊月の頭の中に飛び込んでくる。

「あと十数えるくらいは、できるはず」

まるで息をつめて水の中に潜るのにも似ている。

思ったよりも、女御への嫉妬が渦巻いている。

嫉妬は、別の見方をすれば「相手の不幸を願って呪う心」でもある。

いまの女御の不幸を願う呪いとは、出産の失敗を願う呪いだ。

「どうしてそんなことを考えるのか」

恐ろしいことに、嫉妬している本人はその気持ちに気づいていないか、嫉妬しても悪いと思っていないのである。

人の心なんて、ただの歌の題材だと思っているのだろう。

けれども、陰陽師たる菊月にとって心は実体を持った存在であり、人をして仏神の世界にまで飛翔させることもできるが、生霊や病念を生み出してもののけども以上に他者を苦しめる狂気ともなると知悉《ちしつ》している。

その心の使い方で死後の生が決まると、御仏も教えているというのに……。

菊月がそんなことを思っていたときだった。

藤壺の象徴とも言える藤の根元に、烏が二羽、止まったのである。

「まあ、烏」

「不吉なこと」

などと女房たちの声が聞こえた。

衵扇で鼻から下を隠している菊月の目つきが鋭くなる。

口の中で小さく呪を唱え、疾《と》くその烏の意味を読み解こうとした。

「……急急如律令」

烏は飛び去った。

それを見て菊月は、ほうと息をついた。

先ほどの烏――あれは呪だ。

四

それから二刻ほどして、貞頼が戻ってきた。

妙に疲れた顔をしている。

「どうでしたか……と、その顔を見ればわかりますね」

「ああ、何もなかった」貞頼は座り込み、鬢を掻いた。「会話の端々に漢詩や歌を引用するの、なんとかならないか」

「あはは。さすがの黒いのも、歌はダメですか」

「格好は真似できても中身は無理だとつくづく思ったよ。――すまぬ、水を持ってきてもらえるか」

と、簀子を通りかかった汗衫《かざみ》姿の童女《わらわめ》に、貞頼が声をかけた。

「童女の使い方はそうそうになれたようですね」

「なれてはいない。だが、このようにしたほうがそれらしいだろう？」

水が来た。

貞頼は自分で杯に水をついでは、たて続けに三杯のんだ。

「だいぶお疲れのようですね」

「気疲れだ。今日の今日まで参内昇殿に憧れていたが、これはたいへんだ」

貞頼がばりばりと鬢を掻いた。

「おやおや」

「俺は検非違使として、菊月と一緒に宮中を見て回るほうが性に合ってそうだ」

菊月がふわりと笑った。

「ふふ。珍しく同じ意見です」

「ほう……。俺のほうはからっきしだった。しいて言えば、女御さまを中傷する噂がここ一月ほど毎日どこかで広がっているらしいということだけで」

「毎日……」

「おぬしのほうはどうだった？」

「言葉としてははっきりした噂の中身や出所はわかりませんでしたが、別のものがわかりました」

「別のものとは？」

「藤壺には、呪がかけられています」

あなや、と驚いた貞頼だが、すぐにやる気に満ちた笑みを見せた。

「呪ということは仕掛けた人物がいるということだよな」

「あやかしとはそこが違いますね」

「人を捕まえるなら、検非違使の俺に任せろ」

貞頼は自信満々である。

殿舎のあちこちを歩いて自信喪失したが、自分の強みが生かせる場面と思って元気になったというところだろうか。

「呪をかけるような相手です。油断しないでください」

「余裕で捕まえてやる」

菊月はため息をついた。

「せいぜい怪我をしないようにしてください」

それだけ忠告すると、菊月は大きく広がった十二単を翻した。


菊月が向かった先は、藤壺の女御御座所だった。

貞頼は少し離れた後涼殿からこちらを見ている。

女御御座所の女房たちのうちで菊月をそれと知っているのは、女御・静子をのぞけば少将命婦《しょうしょうのみょうぶ》という女房だけだと、左大臣・道保から聞いている。

そのため、菊月が姿を見せると女たちが好奇のまなざしを向けてきた。

同じ女だが――いやむしろ「同じ女だから」と言うべきか――女房たちの視線が痛い。

漆と金で装飾された調度がおびただしい。几帳や屏風はひとめで上等のものとわかる品々で、左大臣がどれほど心を込めて静子を送り出したかが窺えた。

奥に立てられた几帳の向こうに静子がいるはずだ。

急な来訪者に顔を見られないようにしているのだろう。

「少将命婦さまは……？」

と菊月が問うと、その几帳のそばにいた若い女房が微笑みながら膝行した。

「わたしが少将命婦です」

つややかな黒髪はあくまで長く、色白の頬がふっくらとした愛らしい女房だった。年は二十歳半ばくらいか。目も鼻もやさしげな童顔なので、本当はもう少し年上かもしれない。

快活そうな表情の奥に利発そうな目の輝きが感じられる。静子のそばに仕え、しかも左大臣から菊月の存在を唯一教えられる女房だ。気働きのできる人物なのだろう。

「菊月です」と名乗ると少将命婦はゆったりと微笑み、「まあまあ。ようこそお越しくださいました」と几帳の向こうへ誘った。

菊月は静子のために安心した。

少将命婦の一連の動作には無駄がない。周囲の女房の好奇心を煽《あお》る隙も与えていない。このような女房が近くにいれば、だいぶ安心だろう……。

菊月は膝行し、几帳の向こうへ行った。

深く礼をし、あらためて自らの名を名乗る。

静子が少将命婦以外の女房を几帳の中から出す。

「初めまして。どうぞお顔を上げてください」

という声がして、菊月は顔を上げた。

静子がいた。

以前、祈禱に呼ばれて拝したときよりも、いくぶんふっくらした印象だが、これは懐妊の影響だろう。そのときよりも髪がきれいになったなと思う。

杜若《かきつばた》の襲色目に紅の小袿《こうちぎ》を身につけている姿は、たとえようもなく尊く、雅な様子だった。

静子の顔立ちは昨年まではまだまだ少女の面影が色濃く残り、美しさよりも愛らしさが先立っていたが、いまでは美貌がこぼれでるばかりだった。清らかでまっすぐなまなざしは変わらない。肌はきめ細かく、やや小さめの鼻と唇の形がとてもすばらしい。まだお腹は目立っていないけれども、ゆったりと紅の衣を纏って脇息にもたれている姿も、品があって優雅だった。

懐妊して、日々に母としての自覚と自信が培われているようだ。

「初めまして」と菊月が言うと、静子が微笑んだ。

「ふふ……」

「女御さま……？」

「いいえ。御簾越しではなく、このような形でお会いするのが少し楽しかったので」

「畏れ入ります。覚えていらっしゃいましたか」

「いつも世話になっていますね」

「とんでもないことでございます」

少将命婦が唐菓子を勧めてくれた。いつもならありがたく頂戴するところだが、さすがにこの格好で初めて静子と対していきなり手を伸ばせない……。

「それにしても、きれいですね」

と静子が菊月に目を細める。

菊月は頰が熱くなった。

「畏れ多いことでございます。女御さま、お身体のほうは……？」

「ありがとう。もう悪阻《つわり》もほとんどなくなりました」

「それはとてもよいことです」

菊月は心から言った。静子の身心の安定、お腹の子の安全こそ、今回の菊月にとっての最大の成果だからである。

静子が少し水をのんだ。声を落として問う。

「父から話は聞いています。あなたが直にわたしのところに来たということは、そういうことなのですね？」

「はい」

と菊月が頷くと、少将命婦がかすかに顔を曇らせた。

「菊月さま。それはまことなのでしょうか」

「後宮の闇は思ったよりも濃くなっています。少なくとも、この藤壺には呪がかけられていると見て、間違いないかと」

菊月が言い切ると、少将命婦が「あなや」とよろめく。

「大丈夫ですか」

「申し訳ございません。わたしがこのように取り乱しては、女御さまをお守りできませんものね」

「少将命婦さまのそのお心は、呪に対抗する力となります」

静子が尋ねた。

「それで、どのようになさいますか」

そのときだった。

几帳越しに女房たちの悲鳴が聞こえた。

「烏が！」

慌てて菊月が飛び出すと、驚くべき光景があった。

二羽の烏が飛び込み、御座所の壁の几帳を食い破っているのだ。

「させませんっ。――急急如律令」

菊月は懐から呪符を取り出し、気合いとともに投げつけた。

烏どもは弾《はじ》かれたように外へ飛び出し、どこかへ消えていった。

「い、いまのは……」

と少将命婦が震えている。

と、さらに別の女房が悲鳴をあげた。

「女御さまの筆が――」

見れば、文机に置かれていた筆が縦に裂けて真っ二つになっていた。

菊月は内心で舌打ちした。

藤壺にかけられていた呪が、明らかに静子を狙う呪に変質しようとしている。

静子に振り返り、言った。

「本来であれば祭壇を築き、しかるべき段取りで儀式を執り行って調伏すべきです。しかし、思ったよりも呪が早い」

「菊月、どうしますか」

と問う静子に、菊月は頭を下げた。

「失礼します。身固めをします」

そう言うと菊月は立ち上がり、静子を背後から抱きしめたのである。

静子はそっと目を閉じると、両手を合掌の形にした。

菊月は静かに呪を唱えつづける。

木剋土《もくこくど》、火剋金《かこくきん》、土剋水《どこくすい》、金剋木《きんこくもく》、水剋火《すいこくか》――五行相剋。

木生火《もくしょうか》、火生土《かしょうど》、土生金《どしょうきん》、金生水《きんしょうすい》、水生木《すいしょうもく》――五行相生。

急急如律令――

身固めは、陰陽師が対象となる者を呪から護るための秘法だ。

だが、菊月はそこにさらにあとふたつ、秘法を重ねた。

ひとつは、お振りかえの法とでもいうべきもので、呪に対して菊月を静子だと誤認させる働きを持つ。

これにより、静子を狙う呪をわが身に引き受けようというのである。

どのような呪であるかわからない危険はある。

しかし、即死をもたらす種類の呪ではないようだ。

もしそのような呪なら、回りくどいことはしないでいきなり静子を狙うだろうし、それほどの呪となれば準備の段階で菊月なり他の陰陽師なりに見つかるはずだ。

重ねたもうひとつの秘法は、呪を発している相手を見つけ出す秘法だ。

これは菊月の得意とするところでもあるが、身固めをし、お振りかえをしながら行うとなれば、難易度は格段に跳ね上がる。部屋中にばらまいた千本の針からたった一本を見つけ出すほどの集中と精度が必要になる。

——どこだ?

秋深い時季なのに、菊月の額には玉のような汗が浮かんでいた。


静子に向かってくる呪を感じる。

それらから、親鳥が雛をくるむように菊月の心で静子を護っている。

呪が弾かれていく。

だが、次が来る。

何度目かの呪が、ついに静子ではなく菊月を狙いはじめた。

菊月はむしろ自ら身をさらし、膿《うみ》を吸い取るようにその呪をわが身に一気に引き寄せる。

途端に、強烈な呪詛が菊月に襲いかかった。

「…………っ⁉」

気配を察知した静子が「大丈夫ですか、菊月」と尋ねてくる。

「ご心配には及びません――」

菊月の腹部に鈍い痛みが響いた。月のものを何十倍にもひどくしたような痛みだ。

脂汗がにじむ。指先が震える。吐きそうだ。

「ぬるい。――南無盤古《なむばんこ》、南無釈迦大如来」

気を緩めたら失神してしまいそうな痛みの中、菊月が法力を練り上げる。

この呪は、静子の懐妊を、お腹の子を狙っていた。

その卑怯《ひきょう》さに、怒りがこみあげる。

ひどくなる腹部の痛みに法力で対抗しながら、菊月は懐から呪符を一枚取り出した。

「術者を捜しなさいッ。――急急如律令ッ」

呪符が白い揚羽の式と変わり、外へ飛んでいく。

菊月は大きく息を吸い込み、叫んだ。

「貞頼っ。いまからやりますっ。逃がさないでくださいっ」

周りの女房たちが目を白黒させていると、藤壺の向こう、後涼殿から「応っ」と貞頼の声がした。

姿は見えないが、十分だ。

捕まえてみせると大口叩いたのだから、やってください——っ。


それから百数える間もなく、呪は止んだ。


貞頼が藤壺に戻ってきた。

菊月の額には幾筋も髪が汗で張りついている。呼吸は乱れたままだった。

「どうでしたか……？」

貞頼も息を切らせている。

そして、言ったのだ。

「すまん。逃げられた」

貞頼は、そのまま渡殿に仰向けに倒れた。

女房たちが悲鳴をあげる。

こちらも息を切らせたまま、菊月は貞頼を見下ろすように立って、腰に手を当てた。

「あらぁ!?　余裕で捕まえるとか言っていたのはどこのどなたでしたかぁ!?」

「なんで、そんなに、当たりが、強いんだよ」

「こちらもたいへんだったんですっ。口ほどにもない！　ぬるい！」

「それにしても怒りすぎだろ」

「それで？　どうして捕まえられなかったのですか？　猪よりも速く走れるのが自慢だったのではないのですか!?」

貞頼は上体を起こした。

「あれは無理だ。絶対無理。何しろ――ふたりいたのだから」

五

一刻（三〇分）ほど休んで、菊月は貞頼に藤壺の庭を掘らせていた。

「なんで。俺が。こんなことを――」

と貞頼がぼやいている。

「ぶつぶつ言わないで、きりきりやってください」

「えっと？　小さな壺のようなものがあるはずなんだよな？」

「急いでください。本当に急いでください」

「そんなに言うならおぬしも手伝ってくれ」

「唐衣で穴掘りはできません」

ほどなくして、松の根元から小さな壺が出てきた。

呪符のようなものが何枚も貼られている。

「あったぞ。それで、これはなんだ」

「開けないで！　最悪、死にますよ」

青い顔になった貞頼から壺を受け取ると、菊月は呪を唱えながら呪符に触れた。

「これでもう一度、挑戦できます」

「挑戦って、また追いかけっこをするのかよ。ふたり相手は無理だよ」

と貞頼が顔をしかめた。


……菊月が放った白揚羽の式は、呪を放った相手を捜し出した。

そこにいたのはふたりの女房。唐衣は着ず、小袿姿だった。

振り向いた顔が互いによく似ている。

姉妹というよりも、双子だと思った。

場所は弘徽殿の北にある登花殿《とうかでん》の奥まった間である。

「おぬしら、そこで何をしている」

ふたりの女房は互いの手を組み合わせて印を結んでいたが、貞頼の姿を見ると逃げ出した。ふたりが別々の方向へ走り去っていったのである。

「え？　どっちを追えばいいんだ⁉」

迷っている間にふたりは殿舎の奥へ消えていく。

慌てて片方を追ったが、もう姿がない。

渡殿には女房たちがいるにはいる。だが、みな唐衣を纏っていて、小袿姿ではない。

「格好なんて、どこかで唐衣をかぶればわからないもんな――」

みな、衵扇で顔を隠している。

全員の顔をたしかめるなど、無理な話だ。それはすべての女房の裸を見せろと言うに等しく、先ほどの女房を見つける前に貞頼のほうが捕まってしまう……。

近くを通っていた男に聞いてみても、「よくわからない」と言うばかり。

もどってもう片方を追うが、そちらももうどこかへ消えていたのだった。

呪詛の壺を、菊月が見つめている。

「今度はこちらが追い詰める番です」

「けれども、菊月さま。いまの内裏で双子の女房は、わたしの知るかぎりいないと思うのですが……」

と、少将命婦が控えめに教えてくれた。

「けれども、たしかにあの顔は双子だよ。本当によく似ていたんだ」

貞頼が断言する。

菊月は頷いた。

「たぶん、どちらも正しいのでしょう」

「そんなことって……」

「少将命婦さま。こんな女房はいませんか」

そう言って菊月は少将命婦に小声で尋ねる。

少将命婦が目を大きくし、「それならたしかにいます」と返事した。

菊月は静子に振り返った。

「女御さま。ご安心ください。今夜のうちにこの件は解決しますので」

藤壺の庭で鈴虫が鳴いている。

その日の夜――。

夜の内裏は思いのほか人が起きている。

宿直の貴族たちは賑やかに語り合うのが常だったし、女房たちは日没後のおしゃべりが好きだった。ときには宴も開かれたし、それらに紛れて若い男女が睦言《むつごと》を交わしたりもする。

そのような賑わいから少し外れた内裏北東の淑景舎《しげいしゃ》（桐壺）に、彼女はいた。

ここは帝が住まう清涼殿からもっとも遠い殿舎で、しかも清涼殿に行くためには必ず他の殿舎を通らねばならない。

そのような不便な殿舎ゆえに、女御や更衣《こうい》といった格の低い后に与えられる場所とされていたが、現実には公卿らの控えとして使われることも多かった。

近く、東宮女御が入内し、与えられるとのことで、いまは使われていない。

人がいないのも有り難かったが、方角ゆえに彼女にとっては有り難かった。

北東は丑寅《うしとら》、つまり鬼門である。

昼間、呪をなしているところが見つかった。

このままでは累がこちらに及ぶかもしれない。だから、呪は今夜中に仕上げてしまわなければいけない。

だが、自分ひとりでは呪を操るには力がない。双子の力がいるのだ……。

「遅いな」と彼女がつぶやいたときだった。

夜の闇が人の形を取ったように、誰かがぬうっと現れた。

「双子を待っていても来ないぞ。弁内侍どの」

「誰!?」

現れた男は貞頼だった。

「昼間見た俺の顔、覚えているよな」

「おぬしは——!?」

貞頼はにやりと笑って、連行している人物を突き出す。

その顔を見て彼女——帝付き女房の弁内侍は目を見張った。

若い男は、申し訳なさそうな表情で弁内侍に呼びかけた。「すまない。姉さん……」

「雅長《まさなが》!? どうして——」

貞頼は雅長と呼ばれた若い男を後ろ手にしたまま、弁内侍を睨んでいる。

「まったく昼間はやってくれたよな。双子は双子でも、男女の双子だったとは。男のほうは近頃、北面の武士に就いたばかりで内裏をよく知らなかったようだけど、帝付き女房なら、殿舎のどこへ顔を出してもおかしいと思われないだろうし」

昼間、登花殿にいた双子の術者とは弁内侍と、その双子の弟・雅長が女装した姿だったのである。

「どうしてわかったのですか」

「それについてはわたしが答えましょう」

そう言って貞頼の背後から女房装束の菊月が現れた。

「昼間の新顔……」

「その節はご親切にどうも」とすげなく答え、菊月は続けた。「女の身では無理な呪だったからですよ」

「え？」

菊月は両手を広げた。

「こんな重い衣裳を纏って、藤壺に呪いの小壺を埋めるなんてできません。必ず男の協力者がいるはずです。この内裏に女の双子の女房はいない。ならば残る可能性は――」

「男の官人と女房の双子で出仕している者……」

それが雅長と弁内侍だった。

貞頼がため息をつく。

「帝付き女房なんて、望んでも手に入らない高みにいながら、なんでこんなばかなことをしたんだ」

弁内侍が貞頼を厳しくにらみつけた。

「ばかなこと!? ばかなことなどではありません。わたしはかつて、盗賊に辱められ腹を刺され、子が産めぬ身体になったのよ!?」

「………っ」

弁内侍の告白に菊月が言葉を失う。

だが――そこから女御・静子への呪いには、かなり飛躍がある。

どうしてそこまで行ってしまったのか……。

弁内侍は吐き出すように続けた。

「それを親は恥じ、恥じながらわたしをなじりつづけた。女として、人として、わたしは欠けてしまったのだと。その苦しみ、おまえにわかるものかっ」

雅長が身をよじった。

「姉さんは悪くないっ。三カ月前に呪を仕入れてきたのは俺のほうなんだ。俺が姉さんをそそのかしたんだっ」

「だからといって、女御さまの懐妊を呪うなんて許されることではありませんよ」

と菊月が一喝する。

雅長はうなだれたが、弁内侍は目をつり上げた。

「わたしたちがふたりでないと呪ができないですって？　そんなこと、やってみなければわからないでしょ!!　女御もお腹の子も、道連れにしてやる――ッ」

弁内侍が懐から呪符を取り出すと、口に含んだ。止める間もない。そのまま呪符をのみこんだ――。

「急急如律令ッ」

弁内侍の身体から煙のようなものが吹きだした。

束帯よりも濃い黒色をしている。

「なんだ、あれは!?」

「呪です。貞頼、下がってっ」

菊月が前に出ようとすると雅長が訴えた。

「お願いだ、姉さんを――」

「助けますよ」

弁内侍は身体をがくがく震わせ、黒い煙を身体中から放ちつづけている。白目をむき、口からよだれが垂れていた。

「呪があふれている……。自分には扱いきれない呪を使おうとして、呪にのみこまれたのです」

菊月が両手を複雑な印にした。

「あんなの、どうするのだ」

「わたしを誰だと思っているのですか。安倍晴明の再来と言われている陰陽師ですよ？」

菊月は不敵な笑みを浮かべて、呪を唱えた。

「臨・兵・闘・者・皆・陣・列・在・前——大ッ」

菊月の法力が巨大な光となって、暴走する弁内侍を飲みこんだ——。


弁内侍の件から四日がたった。

菊月と貞頼のふたりは、弘徽殿の人気のない間にいる。

菊月は女房装束で、袙扇で顔を隠しているのもそのままだった。

間に唐菓子を挟んでいる。

「しばらく様子を見ていたけど、もう大丈夫ではないか」

「菊月——」

と貞頼が菊月に言った。

「そうですね。では、そろそろ陰陽寮に戻りましょうか」

あの夜を境に、女御への愚かな噂や不幸を願うような言葉は嘘のように消えた。

呪いの小壺の処分もあったし、あれほどの激しい呪いだったのでその残滓《ざんし》があってはいけないと四日くらいはと内裏にとどまって静子の周りを中心に見張っていたのだが、呪を感じさせる出来事は起こらなかった。

もう、弁内侍と雅長の呪は残っていないようだった。


……菊月によって、弁内侍は調伏された。

呪を打ち破られた弁内侍は文字どおり憑きものが落ちたようになり、翌日には内裏を出ていった。

そのまま仏門に入ったという。

自らの愚かさに思い至ったのだろうか……。

双子の弟の雅長も職を辞したそうだ。

「けれども、人間というのは噂話が好きなんだな」

「何かありましたか」

貞頼が苦々しげに渡殿を行く女房たちや男の貴族たちを見やる。

「今度は弁内侍や雅長のこと、おもしろおかしく噂にしているようだ」

それによれば、弁内侍はさる公卿に捨てられて傷心して出家したとか、雅長もどこかの貴族と女の取り合いになったとか、ふたりして賄を搾取していたとか、ひどいものになると帝の持物を横領したとかいうものまであった。

「噂というのも呪ですよ」

「それでは人は呪が好きということにならないか?」

「好きなんでしょうよ」

やや投げやりな気持ちで、菊月は相づちを打った。

いつもは甘いはずの唐菓子が、どこか無味乾燥に思えてならない。

「因果応報なのかもしれないが……考えれば弁内侍はかわいそうだったよな」

と貞頼がしんみりとなっている。

「女の身としてはとてもつらい経験をしていたのですからね」

「何も知らないで弁内侍を悪く言っている連中、なんとかならないのかな」

「人を呪わば穴二つ——他人を悪く噂する者は、自分もどこかで悪く噂されるものですよ」

とはいえ、本音を言えば弁内侍らを誹謗《ひぼう》中傷している者たちに、夜な夜なあやかしに脅かされる悪夢のひとつも見せてやりたい気持ちもあった。

そこへ、童女が木簡を持ってやってきた。

「菊月さまへとのことで、預かってきました」

「ありがとう」

童女が行ってしまうと、貞頼が覗き込んでくる。

「なんだ？」

「手紙のようです」

送り主は雅長だった。

読み進めるうちに、菊月の表情が険しくなっていった。

第四章　安倍晴明の再来と消えた絹布

一

陰陽寮に検非違使の姿を見ても誰も驚かなくなって久しい。

「案外、陰陽師というのは地味なものなのだな。一緒に組んでみるまでは、毎日あやかしどもを相手に呪術合戦をしているように思っていた」

「うちの上役の泰時というのが本当に変な男だというのはいつも話しているけど、昨日も急に猫のあとを追いかけてどこかへ行ってしまって——」

「いやー。まだ秋だというのに、今日は冬のような寒さだな。火桶がほしい。あ、白湯《さゆ》とかあるとうれしいのだが」

菊月の頬が引きつっている。引きつりっぱなしである。

「貞頼っ。少しは自重してくれませんか」

いつもどおりの天上の雲のように白い狩衣を着た菊月が苦言を呈した。

「うむ？」

「あのですね、ここは陰陽寮です。検非違使庁でもおぬしの邸でもありませんっ」

貞頼はけろりとしている。

「それはそうだ。検非違使庁だったらこんな気ままにはできない」

「他人《ひと》さまの役所で気ままに振る舞わないでくださいっ」

いつもの使部が白湯を持ってきた。

「あ、すまぬ、すまぬ」と貞頼が相好を崩す。

「そこ！　この黒いのを甘やかさないでくださいっ」

「そんなに大きな声ばかり出すなよ、菊月。せっかくのきれいな顔が台な――すまないっ。なんでもないっ。だから呪符はしまってくれ」

菊月が取り出した呪符を懐にしまった。「まったく……この前女房装束なんてしたから、わたしへの態度がゆるくなっているのではありませんか」

「何か言ったか」

「やはりわたしはこの役目を引き受けるのではなかったと思っているのですっ」

この役目というのは、言うまでもなく陰陽師と検非違使が合力して都を護るというものである。

「おぬしで適任だと思うぞ」

「おぬしは適任ではないと思いますっ」

「はは。まあ俺は、はぐれ検非違使とでもいうようなものだからな」

「はぐれ……」

自分で言っていれば世話はないと思う。

「それにしても、何をそんなにいらいらしてるのだ。菊月。今日もがんばって都を護ろうではないか」

と貞頼が朗々と言った。

菊月は頬をひくつかせたが、すぐに力を抜く。

「自分たちの力だけで護れるものなんて、世の中にあるのでしょうか」

するとと貞頼はあっさり答えた。

「ないだろ」

「え？」

「ないない。人の力でできることなんて何もない。髪の毛一本、自分の自由に伸ばしたり縮めたりできないのが人間だと俺は思う」

菊月はまじまじと軽薄検非違使を見つめている。

「……どうしたのですか。僧のようなことを言い出して」

「普段からそんなことは考えている。左大臣だろうが右大臣だろうが、税は取れても人の心を取ることはできない。老いも病も止められない。だから、仏神がいるのだろ？」

「――出家でも目指しているのですか」

貞頼が白湯をすする。

「ああ、うまい。――こんなふうに誰かに何かをしてもらって支えられてやっと生きているのが人間だ。だから」と、貞頼が真顔になった。「話してみろ。何を困っている」

「…………」

「この前の雅長の手紙だな？　あれ以来、おぬしは変な顔をしている」

「いつもどおりの顔です」

「ああ。いつもどおりきれいな顔だ」

「そういう軽薄な……」と顔をしかめた菊月だったが、ややあって苦笑した。「顔のことはさておき、よく気づきましたね」

「一応、相棒のことはよく見ているつもりだ」

菊月は文箱に入れてあった木簡を取り出し、貞頼に見せる。

読み進めるにつれて貞頼が顔をしかめていった。

「雅長に呪を教えた人物が都にいる……？　しかも、役人だというのか？」

「けれども、顔は見ない、素性は尋ねないという約束で呪を授かったから、誰だかはわからないというのです」

「そう言っても、術を使えるならある程度は限られてくるのではないのか」

「わたしたち陰陽寮に所属している陰陽師にそのような者はいません」

「となると、法師陰陽師か」

先にも触れたように、法師陰陽師とは在野の呪術者である。僧形で旅の雲水の姿をした者たちが多かったところからそう呼ばれたが、いまでは非公認の呪術者集団の総称になっている。

有名なところでは、播磨国の法師陰陽師と言われる蘆屋《あしや》道満《どうまん》がいた。道満ほどの術者でなくとも、大小さまざまな呪術者がいる。元は正式な陰陽師や密教僧だった者が禁を破って追われ野に下った事例もあるし、霊能を騙《かた》って金品をたかるだけのまったくの詐欺師もいた。

ゆえに、そもそもどこまでが本当に法師陰陽師なのかもわからないのだ。

「官人陰陽師は陰陽寮の定員が決まっていますから把握は容易です。陰陽寮から他の省へ異動する者もいますが、正式な除目に基づいているので誰がどこにいるか、あとを追えばわかります」

官人陰陽師たちは、勝手に弟子を作ったり秘儀を授けたりはしない。そんなことをしたら、収拾がつかなくなることをよく理解しているからだ。

「法師陰陽師だとまったく手がつけられないな」

「その法師陰陽師があろうことか役人にいる……どこから手をつけていいのか」

「なるほど」

「あー。でも何かをわたしは見落としているような気がするのです。ただの勘なのですけどっ」

貞頼が笑った。

「ははは。勘か。俺みたいだな」

「……たしかにそうですね。おぬしはいつも最初から勘頼りです」

菊月は指を顎にあて、いまの自らの言葉を反芻《はんすう》する。

「そうそう。そういうのはこだわったほうがいいぞ。俺が最初におぬしの邸に行ったのも勘だし。ま、それが俺の原点みたいなものだからな」

「それです！　貞頼は軽薄だけど、ときどきよいことを言う」

と菊月が大きな声になった。

「俺、何を言った？」

「『勘』『原点』――そこからもう一度考え直してみましょう」

「……よくわからないのだが」

「わたしもよくわかりません。でも、わからなくなったら、何かおかしなことがあったら原点に戻るべきです。これまでそう教わりました」

菊月の脳裏には亡き兄弟子の姿があった。調伏で何かおかしなことがあったら、わからなくなったら、必ず原点に戻って考え直せ――そう教えてくれたのは兄弟子だった。

ややあって貞頼がにやりとした。

「それがおぬしの勘か」

「勘です」

「よし。乗った!」

「でも外すかもしれませんよ?」

「陰陽師の勘なんだろ? 占みたいなものさ。『当たるも八卦、当たらぬも八卦』ってな」

菊月もにやりと笑みを見せた。

「あいかわらず軽薄ですね」

「軽やかと言ってほしいね」

「では行きましょう。――東市へ」

東市――それは初めてふたりで騒動に遭遇した場所である。

結論から言うと、東市では何も摑めなかった。

いま、ふたりは右京の南西、信濃小路と山小路の辻のあたりを歩いている。

ここは山萩の邸があった場所だ。

「あった」というのは、すでにここに山萩たちはいないからである。

人気《ひとけ》のない崩れかけた土塀のまえに立って、まさにあばら屋のようになりつつある邸をふたりで眺めている。

「山萩どのたち、すでに通久どののところへ身を寄せたようですね」

「ああ。幸せになれるといいな」

「そうですね」

貞頼が北のほうをまぶしげに見ている。

「あやつも幸せになれればよかったのだけど」

「友人の経平どののことですね」

「……俺はあやつをいまでも友だと思っているけど、向こうはどう思っているかな」

貞頼の声に苦い響きがあった。

「きっと、友だと思っていますよ」

「だといいのだが」と言って、貞頼が菊月を窺うようにした。「あやつの邸にも行ってみるか？」

「……行かなくてもいいです。おぬしが苦しそうですから」

「行ったところでもう何もない。邸の荷物も処分されてしまっただろうから」

「——さみしいですね」

「菊月はやさしいのだな」

するると菊月は自嘲するように笑った。

「ふふ。そんなに立派なものではありません」

「おぬしはいつだって立派だ。ただ——何か自分を許せないでいるのではないか」

「……どうしてそう思うのですか。また勘ですか」

「勘とは違うな。たぶん経平のことがあったからそう感じるのだと思う」

「………………」

鳶《とび》の鳴く声がした。

逡巡《しゅんじゅん》するような表情を見せた貞頼だったが、ついに口にした。

「菊月が昔、兄弟子を死なせたという話について、まだ聞いていなかったな」

「…………」

「話したくないなら話さなくてもいい。でも、こうしておぬしと行動をともにしてきて、俺にはそれが本当だとは思えないでいる」

「貞頼……」

「ひとりで抱えているのは苦しい。俺には経平のことがそうだった」

「――」

　貞頼が菊月の正面に立った。

「あのとき菊月が俺を蹴り飛ばしてくれていなかったら、俺は経平に斬られていた。斬られたいと思っていたからだ。おぬしが一緒にいてくれたから、なんとか経平を取り押さえられた。死なずにすんだ。だから――菊月の話も聞かせてくれないか」

　何か言おうと菊月は努力するが、出ない。胸が熱くなる。視界が涙でぼやける。声どころか、思いすらも言葉にならず、ただ溢《あふ》れているだけだ。

　それでも菊月は言葉を探した。

　なぜなら、貞頼という人間が真剣に自分に向き合ってくれているから。

「どこまで知っているのですか」

「何も知らない。本当のことを言うと調べようかとは思った。けど、おぬしがいつか話してくれるだろうと思ってやめた。だから教えてほしい」

この軽薄検非違使め。

菊月は思わず笑ってしまった。その拍子に涙がこぼれ、少しの間空を仰いでこれ以上涙が出ないようにした。

「わたしの兄弟子……大春日弘成《おおかすがひろしげ》は優秀な陰陽師でした」

喉を励まし、菊月は語り出した。


弘成のくわしい生まれは知らない。養子だったのではないかとは思っている。

大春日家は、代々、陰陽師の家柄のひとつである。近頃は賀茂家や安倍家が台頭してきているが、それまでは陰陽頭を多数輩出していた。

その家の跡取りとして弘成は期待され、弘成の側もその期待に応える力を見せた。

たしか菊月の五歳くらい年上だったと思う。

四歳の菊月が光保の正式な弟子として育成されはじめたとき、菊月より先に光保が育てていたのが弘成だった。

「まるで安倍晴明と賀茂光栄が若返ったようだな」と光保はふたりに目を細めていた。

「『易経《えききょう》』『詩経《しきょう》』、修めました」と弘成が言えば、菊月のほうは「『占事略決《せんじりゃっけつ》』、読み終わりました」とすぐにやり返す。

『易経』『詩経』は儒教にいう四書五経《ししょごきょう》に含まれるものであり、『占事略決』は安倍晴明の著作とされるが、どちらも陰陽師の本分である占をするために必須の書物である。

だが、大人でも読み解くことは難しい。

ふたりは年端もいかぬうちから、そのような内容に慣れ親しんでいた。

法力についても、ふたりは互いに研鑽《けんさん》を積んだものである。

菊月が蝶の式を操れるようになったと言えば、弘成は鳥の式を操ってみせた。

初めて菊月が他人の病を陰陽師の法力をもって撃退したときには、弘成が補佐をしてくれた。

時に教え合い、時に取っ組み合いのけんかをしながら、ふたりは競い合うように呪を学んでいったのである。

陰陽師の修行にかける情熱を、弘成から菊月は学んだ。

諸々の調伏の経験も弘成のほうが当然、豊富だったから、それも学んだ。

「悪鬼も生霊も病念も調伏をして終わりではない。必ず、それを引き寄せている心がある。その心を指摘し、変わってもらわなければ、何度でも同じことが繰り返される。だから陰陽師は本当は人の心を相手にしているのだよ」

弘成はそんなことを語っていた。


いまから二年前のこと。

左大臣になったばかりの藤原道保からの調伏依頼に、弘成と菊月も呼ばれた。

すぐれた陰陽師とはいえ、まだ年若いふたりを呼ばねばならないほどに切迫していたのだ。


祓っても祓っても、次の悪鬼どもが攻め込んでくる。

駆り出されていた陰陽師も密教僧も体力がもたずに倒れる者が出るほどだった。その中でのふたりの参加は、「大春日の俊才と安倍の秘蔵っ子が来たから安心だ」とみなに希望を与えていた。

弘成はその期待に応えようと奮起した。

だが、調伏は長引くばかりだったのだ。

「これは、左大臣さまの心が引き寄せているのでしょうか」

さすがに疲労が蓄積してきた菊月が問うと、弘成は顔をしかめた。

「それもあろう。だが、明らかにこの調伏がずれているのだ」

「ずれている……？」

「悪鬼どもを放っている大本を攻め切れていないのではないか。相手に呪を返せていないように思う」

「わたしたちは某公卿からの呪だと聞いていましたが」

「直にその公卿の身につけているものでも手に入ればいいのだが……」

おぬしに呪を返したいから衣裳でも冠でもよこせ、などと言って手に入るわけもない。

そうこうしているうちに、道保は倒れ、重篤になった。

呪による病だった。

陰陽師も密教僧も、みなが調伏に力を入れていたとき、弘成が菊月を呼んだ。

「菊月。調伏にこれを使おう」

そう言って弘成はくしゃくしゃになった烏帽子を持ってきた。

嫌な予感がした。

「兄弟子、これは」

「某公卿の烏帽子だ。出所は聞くな」

そう言う弘成の表情には鬼気迫るものがあった。

その表情で、すべてがわかってしまった。

「しかし――」

「これを使えば確実に呪を返せる。急ぐぞ。このままでは左大臣さまの命もあやうい。それどころか、われわれもみな倒れるぞ」

菊月は烏帽子を手にしばらく沈黙し、意を決して弘成に厳しく言った。

「これは使えません」

「なんだと？」

「万が一、本当に万が一、某公卿が呪の大本でなかったとしたらどうしますか。某公卿への呪の返しと思ってする調伏は、そのままその公卿への呪いになります。わたしたちが人を呪う側になるのですよ⁉」

「だが某公卿が大本だという前提で、これまで調伏してきたではないか」

「だから調伏が通っていなかったのだとしたら、どうですか？」

「おぬしはこれまでのやり方に異を唱えるのか」

「『調伏で何かおかしなことがあったら、わからなくなったら、必ず原点に戻って考え直せ』――そう教えてくれたのは兄弟子ではありませんか」

「それは……」

これだけ難航する調伏はめったにない。何かがおかしいのかもしれない、と考えるべき頃合いのはずだ。

「それだけではありませんっ」と菊月は続けた。「この烏帽子の出所がどうしても気になるのです」

「…………ッ」

「御仏の教えには盗むなかれという戒めがあります。これは『与えられていないものを取るなかれ』というのが真意。この戒にそむいたものは不浄とされ、その穢れゆえに御仏への供養・布施はできないと言われています」

「――」

「わたしたち陰陽師も仏神の光をいただいて調伏するのが本則なれば、在家の身といえど御仏の教えで自らを律さねばなりません」そこでいったん言葉を切り、菊月は目に涙を溜めながら、ついに言った。「この烏帽子には穢れがあります」

某公卿が呪の大本であってもなくても、穢れのあるものを通じて呪を返そうと調伏しても、その調伏は呪いの儀式と変わらなくなってしまうと菊月は言っているのだ。

弘成にもわからないわけがない。

基本中の基本だからだ。

霊能も呪も目に見えない。手で触れない。陰陽師といえど、すべてを掌握しきり、自在に操れるなど思ってはいけない。はたして自らに穢れや邪心はないかを常に自問し続ける姿勢がなければ、仏神の加護と思っていたものがいつのまにか天狗や悪鬼、魔の力にすり替わっていく――。

弘成は歯を嚙みしめ、菊月を睨み続けている。

「おぬし、われらもみな呪に倒されてもいいというのか」

「そうは言っていません。しかし――」

心が痛い。

だが、菊月には菊月の良心がある。それには背けない。背けば陰陽師ではなくなると思っていた。

ふたりが睨み合いを続けているところへ、光保が来た。

「おぬしら、何を言い合いをしている。大勢に聞こえるぞ」

「申し訳ございません――」

光保が鋭いまなざしで命じた。

「来い。調伏のやり直しだ。密教僧が違う呪を見つけた。左大臣を呪っていたのは、かつての愛人よ」

これまでの調伏が間違っていた。

そのときの弘成の愕然《がくぜん》とした顔は、いまでも菊月の頭にこびりついている。

正しい相手を見つけた呪の返しはすんなりと終わった。

左大臣は嘘のように快復した。


その翌朝、弘成が死んでいるのが発見された。

弘成が死んでいたのは一条戻橋《いちじょうもどりばし》――菊月の邸のすぐそばであり、弘成の死体を最初に発見したのも菊月だった。

菊月が弘成を発見したのは偶然ではない。

弘成の鳥の式が、未明に菊月のところへやってきて、手紙を置いていったからだ。

手紙には「すまない。わたしはやってはならぬことをし、裏切ってはならぬものを裏切った」と書かれていた。

その手紙の持つ冷たさに菊月は邸を飛び出したが、手遅れだった。

弘成は自らの首を切り、川に落ちていたのである。


ここまで話を聞いて、貞頼は鬢を掻いた。

「それがどうして、菊月が『兄弟子殺し』になったんだ」

「他の人にはわたしと兄弟子が言い合いをしているところしか見えていません。それで次の日に兄弟子が亡くなっているのが発見された。わたしの邸の近く。わたしが最初に見つけた。だから——」

貞頼は舌打ちした。

「くだらない噂だ。それこそ呪だろ」

「でも、わたしが兄弟子を殺したようなものです」

「どうして？」

「わたしがもっと注意深く兄弟子を見ていたら、きっといつもと違った様子があったはずなのです。けど、わたしは兄弟子の自死の兆候を見抜けなかった」

「人が何を思い詰めているかなんて、そうそうわかるものではないさ。俺だって経平の苦しみをわからなかった。いや、逃げていたのかもな……」

菊月がうつむく。同じだ、と思ったからだ。自分もまた、兄弟子とぶつかることを恐れて逃げていて、その結果——。

「わたしはとりかえしのつかないことをしてしまった。時の心を読めても、時を戻ることはできないのに」

「そこまでおぬしが思い詰める必要はないのではないか？　禁忌を犯したのは弘成どののほうだろ？」

「烏帽子をどのように手に入れたかは、わたしの推測です」

「けど——おぬしはそういうことを外さない」

「…………」

菊月は再び目に涙を溜めながら、唇を引き結んでいる。

「——おぬし、その某公卿とやらが呪の大本ではないと気づいていたのか」

菊月の唇が震えた。

「……兄弟子が持ってきた烏帽子を手に取り、読み取りました。左大臣を襲っていた呪とは、心の音色が違う、と」

「…………」

「わたしが、あのとき、もっと筋道立ててきちんと言っていたらッ」菊月が肩を震わせ、うつむく。滂沱《ぼうだ》する。「そうしたら、兄弟子もわかってくれたかもしれないッ。でも、わたしは——ッ」

「菊月にはできなかった。それは兄弟子を尊敬していたから。おぬしはやはりやさしいのだよ」

「う、うう、うわあああ——」

菊月は泣き崩れた。

貞頼は空を見あげた。

青く高い空に、くっきりとした雲が流れていく。

人通りのない辻裏に菊月の嗚咽《おえつ》が消えていった。

貞頼はただ菊月のそばに立っている。


やがて、菊月は泣き止み、立ち上がった。

「お見苦しいところをお見せしました。忘れてください」

「襲色目もあざやかな女房なら抱きしめていたが、狩衣の男ではそうするわけにもいかない」

「ふふ。あいかわらず軽薄検非違使ですね」

貞頼が大きく息を吐いた。

「俺なんかがかんたんに言ってはいけないのだろうけど、そういうのも含めてぜんぶいまの菊月につながっているのではないのか？」

「……つながっている？」

聞き返し、菊月がはっとした表情になった。

「弘成どのがもしいまもいたら、菊月はそちらと組んでいただろう。今回の役目、俺と組んでもらえなかったかもしれない。だとしたら、山萩どののことも、経平のことも、この前の弁内侍たちのことも、ぜんぶ変わってきていたかも――」

突如、菊月が貞頼の前に立ち、両肩に手を置いた。

「やはり貞頼は軽薄だ」

菊月、嬉々《きき》としている。

「何だ、何だ。どうして罵倒されるんだ」

「ぬるい。いと立派な検非違使であることよ。いま、おぬしは極めて大切なことをまたしても意図せずに口にしていたのです」

「何を言った？」

菊月はきらきらした目で言った。

「つながっている――わたしの勘が告げていたのはきっと、これまでのことがすべてつながっていたのだとしたら、ということだったのですよ」

「え？　え？」

「山萩どのの件も、経平どのの件も、弁内侍どのたちの件も、すべてどこかでつながっていたのだとしたら？」

「わかるように言ってくれ」

「山萩どのに中納言時久どのが呪を差し向けた——誰を使って？　経平どのを畜生道に誘い、検非違使の見回りの道順を教えた——誰が？　弁内侍どのの弟に呪を教えた——誰が？」

「おお！　もしかして女御さまのよくない噂が流れていると通久どのが教えに来てくれたのも、誰かがいたりするのか？」

「わたしたちは結局これまで、なにひとつ解決していないのかもしれません。……わたしの勝手な推測ですけど」

「でも、おぬしはそういうことは外さないっ」

ふたりは足早に北へ向かった。

二

ふたりは大急ぎで時久の邸を訪ねたが、そこで大いに落胆する知らせが待っていた。

病床にあった時久が昨夜、この世を去ったという。

すでに弔問の者たちが来ている。

菊月たちも通久に会い、慰めの言葉をかけた。「まことに畏れ入ります。今日は死の穢れがありますゆえ」と通久がかえって気を遣うので、ふたりは邸をあとにした。

出入りする者たちを見て、悪いなと思いつつも「案外、大勢の弔問があるのですね」と菊月は言ってしまった。

「人望というより位に対してのものだろうな。中納言ともなれば左大臣だってむげにはできないだろうし」

「死ぬときくらいは、官位ではなく人として送られたいものです」

まったくだ、と頷き、帰ろうとした貞頼が歩みを止めた。

「ほう。散位寮の若い役人も来ているな。たしか菅原某と言ったか」

「散位寮には珍しい姓ですね。菅原とは、あの……？」

「怨霊どのの遠縁になるらしい。昔、経平の件で会ったことがある」

「珍しいですね。中納言ともなれば位のみとなっても散位寮の世話にはならないでしょうに」

「上の式部省のお使いかもしれない――あ」

「どうしました？」

「経平の家財――散位寮が持っていったんだったな」

「え？　どうして？」

「経平には縁故の者がいないから、本来は検非違使庁で処分するのだが、ほら俺との関係があるからって。だから引き取れなくて」

菊月はほっそりした指を顎に当てた。

「そんな先例、聞いたことがないのですけど」

「俺もだ。けど、上役の泰時どののご命令だったからさ」

「とにかく散位寮に行ってみましょう。残っていたとしたら、もう一度、経平どのの持ち物を調べられます」

「そうしよう」

今度は式部省だった。


式部省は中務省に次ぐ重要な省とされている。文官のいわゆる人事考課を司り、礼式、叙位、任官、行賞を受け持っていた。役人たちを養成するための大学寮を統括しているのも式部省だった。

ゆえにそこにいる者たちも、若く優秀な人物が多い。

ただ、散位寮だけは多少雰囲気が違う。

年を取った者たちが多いのである。

位はあっても官職をなくした散官を管理する部門なのだが、散位寮の運営そのものも散官が多く携わっていた。多くは病気や年齢で退職した者で、自然、年を取った者たちが多くなるのである。

「大江経平という男の家財は残っているだろうか」

と貞頼が問い合わせてみたが、年を取った散位寮の役人は、「さあ。そのようなものはここでは扱わないと思いますなぁ。引き取ったとしてもすぐに処分しますよ」と言うばかりで要領を得なかった。

「時久の邸のところで声をかけておけばよかった」と貞頼が後悔する。

「弔問のところで聞くことではないですからね。それに処分されてしまったと考えるのが普通でしょう」

「そうだよな……でも何か引っかかるんだよな」

「わたしの推測だって外れます」

「いや、俺の勘も同じことを言ってる」

式部省を出てほどなくのところで、菊月がふとあることを思い出した。

「猫」

「え？　猫？」

「経平どのの猫です。貞頼が預かっているのですよね？」

「ああ。頼むって言われたから邸で世話をしている」

猫に何かを託すことはできない。

しかし、猫のあるところになら、ちょっとしたものを託すことができるかもしれない。

猫の首ひもだった。


自らの邸に走って戻った貞頼が、再び陰陽寮に走ってくるまで一刻とかからなかった。

「当たりだ。菊月」貞頼が息を弾ませている。「猫の首ひもに仕込んであった」

そう言って貞頼が紙片を出した。

それを見て、菊月は驚愕した。

「これは……」

「相手は名前を隠していたのだろうけど、経平は頭がいい。そのうえ、そやつとは面識があった。だからここに書き残せた」

猫の首ひもから見つかった紙片には、「散位寮菅原兼道《すがわらのかねみち》に聞け」と書かれていた。

三

菊月と貞頼は大内裏を出て牛車を急がせた。

向かうは右京にある菅原兼道の邸である。

「狭いっ。俺が走ったほうが早いっ」

「おぬしはそれでよくても、わたしが追いつけませんっ」

と、ふたりが言い合いをしていたときである。

途中の大炊御門《おおいのみかど》大路のあたりで悲鳴が聞こえた。

先を急いでいたが、捨ておけない。

もしこのとき、ふたりがこの悲鳴を聞いていなかったら、物語は大きく変わっていただろう。

貞頼が牛車を飛び降り、走りだした。

「検非違使のすぐそばで狼藉とはいい度胸だ」

と自慢の足を使って駆けつければ、下人姿の男ふたりが「盗んだものはどこだ!?」とおめきながら、まさに役人に刀を振り下ろそうとしているところだった
役人はすでに傷を負っているではないか。

下人ふうの男たちは貞頼の姿を見ると逃げ出した。

「おい！　待て！」と叫んだが、どうなるものでもない。

そのとき、倒れている役人がうめき声をあげた。

「おい、しっかりしろ。——あ、おぬしは菅原兼道か」

腹を刺され息を切らせていたのは、いま会いに行こうとしていた兼道だったのである。

菊月が遅れて駆けつけた。

怪我をしている兼道を牛車に運び込み、道順を聞き出すと兼道を邸まで送り届ける。

小さな邸だったが、家人はいる。

兼道を横にして、菊月が傷を確かめた。

「腹を切られています。病の治療ならわたしのような陰陽師で務まりますが、薬師を呼んできたほうがいいでしょう」

「それこそ牛車では間に合わぬ。俺が走る」

「どうやって薬師を連れてくるつもりですか」

「俺が背負ってくるっ」

「薬師が目を回しますっ」

怒鳴り合い、結局、貞頼が先に走って薬師を呼びに行き、準備をさせ、遅れて到着するだろう菊月の牛車で薬師を連れてくることになった。

それから一刻。

菊月たちが薬師を連れて戻ってくると、妙な事態になっていた。

怪我をした兼道が忽然《こつぜん》と消えていたのである。

「兼道どのはどうした？」

貞頼が年かさの家人に尋ねると、家人は上等の絹布を手に呆然と答えた。

「兼道さまは牛車で出て行かれました」

「出ていった？」

「はい。わたしどもに『禄の代わりだ』とこのような絹布を渡して」

「あなや」

「こんな高価なものをと申し上げたのですが、『おぬしらには内緒だったが、牛車のなかには唸るほどあるから』とおっしゃいまして」

「……どういうことだ？」

と貞頼が眉をひそめて菊月の意見を求めた。

菊月も秀麗な顔立ちを曇らせつつも、「もう少し面識があれば、揚羽の式に捜させることもできるのですが」と首を横に振るしかない。

「その絹から何かわからないか」

「やってみましょう」

菊月は「少しいいですか」とことわって、家人が受け取った絹布を手に取った。

口の中で呪を唱えつつ、菊月はじっと目を閉じて心を集中させる。

「どうだ？」と貞頼。

顔をあげた菊月はますます困惑したような表情になった。

「やはり無理か」

「そうではありません」

「見つかったのか」

菊月は首を横に振って告げる。「この絹布には兼道どのの気配はほとんど残っていません。考えられるのは——盗品だということ」

貞頼は息を飲んだ。

先ほどの下人ふうが言っていた「盗んだもの」とは、この絹布のことだったのだ。

陰陽師は霊能と呪を駆使して悪を抑止する。

検非違使は現実の力で都の悪を摘発する。

互いに補い合ってより大きな成果となるようにと、菊月と貞頼は力を合わせることになったのだが、今回まさにその合力が生かされていた。

兼道が姿を消した翌日、菊月と貞頼は少納言・高階国章《たかしなくにあき》の邸の前にいた。

兼道の件で国章に話を聞きに来たのだ。

いまふたりは、国章から知らぬ存ぜぬで追い出されたところである。

だが、それで確信した。

「あの少納言、やはりあやしいな」

「そうでしょうね」

と、菊月は檜扇を小さく開いて唇を隠す。

菊月の呪によって盗品の絹布の持ち主として浮かんだのが、この国章だった。

その上、貞頼が調べたところによれば、国章は兼道の母方の叔母を妻のひとりにしているという。

「兼道どのとの関係を問われてあの少納言、ひどく冷たい目つきになっていたな」

「あの絹布を見せたときには、明らかに動揺していましたよね」

兼道も絹布も「知らない」と言ったのを、あやしんでいる。

菊月が盗品と認定した絹布である。兼道が国章のところから盗んだことは間違いないのである。

しかし、国章は「兼道に絹布を盗まれた」とは言わなかった。

兼道は牛車に大量に積み込むほどにそのような絹布を持っていったというのに、である。

なぜか。

それは、あの絹布が表立って盗まれたと言えない品だからではないか。

賄賂《わいろ》か着服か、いずれにせよ、法に触れるやり方で国章が所持していた絹布だろうと、ふたりは考えるにいたったのである。

つまり、こうだ。

兼道は、国章が不法に貯《た》めこんでいた絹布を盗みだし、逃走した。

それを知った国章は下人ふうの男たちに兼道を襲わせ、絹布を取り戻そうとした――。

貞頼が鬢を掻いた。

「俺たちの考えが正しいなら、あの少納言、絶対に口を割らないぞ」

「しかも相手は公卿。検非違使では荷が勝つのではありませんか」

「勝つね。大勝ちだね。――あの少納言、もっと悪さをしてきていると思うぞ」

純白の陰陽師はやや遠い目をした。

「やはり、兼道どのを一刻も早く保護できるかどうかにかかっているでしょうね」

腹の怪我も気になる。

「そちらは俺の配下にも頼んでいる。わかったら、俺のところに知らせが来るように上役の泰時どのに頼んである」

検非違使たちが本気で捜しているのだ。見つかるのは時間の問題だろう。

ただし、生きていればの話だった。

「無事に兼道どのを保護できれば、あの少納言の悪事も暴けるでしょう」

そのときに、これまでの事件に兼道がどのように関わってきたかもわかるはずだった。

四

さらに日が変わった。

朝、菊月が陰陽寮へ入ろうとすると、秋風よりも速く貞頼が走ってきたのである。

「あやしい牛車が見つかった。おそらく兼道どののだ」

場所は鴨川の西、法成寺《ほうじょうじ》のそばだという。

ふたりが大急ぎで駆けつければ、一台の牛車が止まっている。

牛も放たれている。
菊月たちが来るまで見張っていた検非違使の話では、昨夜からそこにあったらしい。
菊月が刀印を結び、呪を唱えた。
「——たしかに兼道どのの牛車のようです」
牛車は動かない。
物見は閉じられ、なかの様子を窺い知ることはできなかった。
「行ってみよう」
貞頼が慎重に牛車に近づいたときだった。
ひょう、と空を裂く音がした。
「貞頼、あぶない！」
菊月が叫び、身をかがめる。
鏑矢《かぶらや》が牛車の後簾を貫通した。
物見が揺れる。
「なんだ⁉」貞頼も身をかがめた。
さらに二度、三度と矢音がする。
鏑矢が後簾を次々と貫いていた。

「追え！　矢を放った奴を捜せ！」

貞頼は配下に命じ、自らは急いで牛車に取りついた。

「兼道どの！」

後簾を引き剝がす。

中には矢を受けた兼道がいた。

目はすでに何も見ていない。絶命していた。

「大丈夫ですか」と飛び込んできた菊月が牛車の中を見て言葉を失う。

「ひと足遅かった」

「ひどいことを……。そういえば、絹は？」

「ないな。そちらもやられたか」

さすがに肩を落とす貞頼だったが、菊月は別の感想を持った。

「おかしいですね。いま矢が飛んできたのですから、取り返す暇なんてなかったはずです。ずっと検非違使が見張っていたなら、なおさら」

「そういえばそうか……！」

菊月は檜扇を軽く開いて口元を隠しながら、兼道の身体に色白の顔を近づけた。

「見てください。矢が刺さったところからほとんど血が出ていない」

兼道の身体から離れ、菊月は矢を受けるよりも先に死んでいたのです」

「なに?」

菊月は兼道の身体から離れ、言った。

「この方は、矢を受けるよりも先に死んでいたのです」

そこへ、先ほどとは別の検非違使がやってきた。

「貞頼さま。泰時さまから『六条河原で下人ふうの男がふたり、死体で発見された。兼道を襲った者かもしれないので確認せよ』との伝言です」

「なんだって!?」

兼道は死に、絹布も消えた。

兼道を襲った下人たちまでも死んでしまったのだとしたら——。

貞頼は少納言・高階国章の邸に乗りこんだ。

「何者か!?」と国章の家人が誰何《すいか》する。

「検非違使大志・三浦貞頼だ」

「ここは公卿たる高階国章さまの邸。検非違使が何用か」

「うるさい。小物は引っ込んでろ。用があるのは少納言だけだっ」

これではほとんど無法者と変わりない。

家人たちが色めきだつ中、目が覚めるほどの白さの狩衣を身につけた菊月が貞頼の後ろから出てきた。

「失礼します。この黒いのの言い方が悪かったですね。わたしは陰陽師の安倍菊月。安倍晴明の再来と呼ばれている者です」

家人たちがどよめく。

菊月が流暢《りゅうちょう》に続ける。占で凶を察知しました。このままではこの邸は百鬼夜行に蹂躙《じゅうりん》され、みな地獄で鬼に食われ続けるでしょう。少納言さまとお話をして呪を祓う手はずを整えたいのです。云々。

貞頼が菊月にささやく。

「おぬし、やるときはやるのだな」

「嘘も方便です」

「ここで『安倍晴明の再来』まで言うとは思わなかった」

菊月の頬が朱に染まる。

「六条河原の下人の死体を確認したおぬしが、『絶対に少納言とつながっている。俺の勘がそう言っている』と言うから信じてあげているのでしょう!?」

家人たちは菊月の恫喝に動揺し、検非違使が侵入している異常さを忘れていた。

その間に寝殿造の母屋の奥へ進んでいく。

少納言・高階国章が、でっぷり太った顔中に脂汗を垂らして震えていた。

「おい、少納言。六条河原で下人ふうの男が死体で見つかった。おぬしが菅原兼道どのを襲わせた男たちだよな!?」

「わ、わしは違う!」

黒衣の検非違使に代わって純白の陰陽師が出た。

「先日は失礼しました。いまこちらの黒いのが申し上げましたように、六条河原で下人ふうのふたりの男が死んでいるのが見つかりました。わたしたちは少納言さまがなんらかの関与があると思っています」

「違う!」

菊月は大仰にため息をついてみせた。

「それでは仕方がありません。普段はお見せしない秘中の秘を使い、憑座《よりまし》の童に死んだ下人ふうの男を取り憑かせ、少納言さまの面前で証言してもらいましょう」

また貞頼がささやく。「そんなこと、できるのか?」

「方便です」とだけ小声で返し、さらに少納言に詰め寄る。「さあ、どうされますか。ちなみにその場合、少納言さまは死の穢れに触れますので、向こう一年は身を慎んでいただかなければなりません」

「い、一年だと!?」

「来年の除目もだめだろうなぁ」と貞頼が調子を合わせると、門のほうから騒がしい声がした。「ああ、俺が呼んでいた応援の検非違使も来たみたいだな」

少納言が悲鳴を上げた。

「だめだ！　殺される！」

やや脅しがききすぎたのだろうか。

「殺すなんてしません。六条河原の死体、おぬしの手下ですね」

「そうだ！　そうだ！　認めるから命だけは」

菊月と貞頼もさすがに不審に感じた。

「何をそんなに恐れているのですか」

「おまえが狙っていた散位寮の菅原兼道はもう死んでしまったぞ」

兼道の死を知れば復讐の恐れはないと安心するかと思ったが、少納言は顔色をどす黒くさせた。

門のほうが騒がしくなる。

貞頼が応援に呼んだ泰時らが来たようだ。

少納言が悲嘆にくれている。

「兼道さえ逃げなければ！　逃げたときにすぐに殺しておけば――」

「悪事は必ず露呈するんだよ」と貞頼が叱るが、菊月は違和感を覚えた。

「少納言さまは呪を扱えますか？」

菊月が尋ねると、少納言は目をそらした。

「そんなことはできぬ」

「では逃げた兼道どのは？」

「できぬだろう」

「それではもうひとつ。少納言さまは呪で殺されるのと、太刀で殺されるののどちらを恐れていますか？」

間髪容れず答えが来た。「どちらもだ！」

「菊月、どういう意味だ？」

貞頼だけに聞こえるように、菊月は檜扇で口元を隠してささやいた。

「少納言の背後にまだ誰かがいます」

「なんだって？」

「少納言はその誰かに殺されるのを恐れているように思います」

貞頼がさらに少納言から話を聞き出そうとしたときだった。

「おー。貞頼。来たぞ」

あくび交じりの声で泰時が顔を覗かせた。応援の登場に少納言が硬直している。

「泰時さま。六条河原の死体との関係は自白しましたよ」

「ほー。そうかぁ」

「……ほんとに昼間はだめですよね」

「そう言うなよ。で、絹布の他に何か見つかったのか」

貞頼が鬢を掻いた。

「それはこれから」

「では捜してこい。ここはわたしが見ているから。菊月どのもよろしく頼みます」

と泰時が丁寧に頭を下げた。

泰時に任せて菊月たちは他の間の捜索に出たが、あやしげな品々はすぐに見つかった。

東対《ひがしのたい》の奥に大きな漆塗りの箱がいくつもあり、中に大量の絹布、麻をはじめ、税として徴収される各地の特産品その他が発見されたのである。

そこに不思議なものが出現した。

秋の終わりの室内に、紫色の蝶が舞っていたのだ。

「菊月。これはおぬしの式か」

蝶はふたりの周りを巡っている。

菊月が驚く。

「これはわたしの式ではありません。ましてや、呪など使えないと言った少納言さまによるものでもない。この蝶は……たぶん兼道どのの魂」

「え？」

菊月が慌てた。

「戻りましょう」

兼道の魂は何かを自分たちに訴えている――。


菊月たちが大急ぎで母屋に戻ってみると、信じられない光景が目に飛び込んできた。

太刀を抜いた泰時が身をかがめ、少納言・高階国章を刺し貫こうとしていたのである。

国章はぐったりしている。気を失っているようだった。

貞頼が叫んだ。

「泰時さま、何を――っ」

「こやつが抵抗しましてね」

そう答える泰時の目が、ひどく冷たい。

「少納言に何をしたのですか」

「別に何も。まだ」

答え方はのらりくらりとしているが、先ほどまでののんきさはない。

むしろ、不気味だった。

「どうしたんですか、泰時さま」

と近づこうとした貞頼を、菊月が止める。

「やめなさい」

「菊月――？」

菊月は貞頼を背にかばうように立って、泰時に対峙《たいじ》した。

「少納言さまは呪で眠らされている」

「呪だと？」

泰時は目だけこちらに向けたまま、動かない。

「――藤原泰時どの。すべておぬしが暗躍していたのですね」

泰時は姿勢を正してこちらを向いた。

「それは陰陽師の占いですか」

「陰陽師の力と……わたしの勘です」

泰時が鼻を鳴らす。

「ふん。勘ですか。貞頼みたいなことを言う」

菊月は右手を刀印にしてつづけた。

「いまやっとわたしはたどりつきました。初めからぜんぶつながっていたのです」

「それは兼道どののことか」と貞頼。

「違います。もっと初めから――わたしたちが初めて会った蝕の夜の百鬼夜行を模した盗人たちからずっとつながっていたのです」


菊月の「兄弟子殺し」の噂を貞頼に吹き込んだのは泰時だった。

その上で、陰陽師との合力にあえて貞頼を選んだのも泰時だ。

貞頼の旧友・経平が凶行に走ったのは若い蔵人の詰問が関与しているが、泰時はその親戚だ。そして泰時なら、検非違使の夜の見回り経路を知っていておかしくない。

さらに、泰時が呪を扱えることを加味すれば――。

蝕の夜、検非違使庁に泰時がいたのは偶然ではない。おそらく、あの百鬼夜行もどきの呪を行うためではないのか。

思えば、あの呪を用いた術者はまだ誰かわかっていない。

山萩を苦しめ、最終的には中納言時久を死なせた呪も泰時の仕業ではないのか。

弁内侍と雅長が使っていた呪も、泰時が授けたものではないだろうか。


菊月の推測に、貞頼が異を唱える。

「待ってくれ。さすがにそれは——」

「陰陽師としてのわたしの推測は外しません。でなければ、いまの泰時どのの顔をどう説明するのですか」

泰時は黙って聞いている。もともと青白い顔になんの表情も浮かべず、太刀は抜き身のままだ。その足下には、彼の呪によって眠らされている少納言の姿がある。

ぼんやりとぼけている顔はどこにもない。

そこにいるのは、力と呪を隠し持ち、夜の都で怪異を司《つかさど》る悪の姿だった。

貞頼が力なく笑う。

「は、はは……。嘘、ですよね？」

泰時が薄く笑い返した。

「ああ、やはりあのとき、検非違使と陰陽師の合力なんて荒唐無稽な案には反対しておけばよかった」

「泰時さま……」

貞頼の声が震えている。

「他の検非違使や邸の者たちはどうしたのですか？」

「この男と同じで眠らせているだけですよ。――わたしが少納言を殺し、おぬしらふたりも殺す。他の者たちが目を覚ましたら、『菊月どのの呪でみな眠らされていた。ふたりが少納言を殺し、自分にも襲ってきたのでやむなく殺した』と言えばいい。ついでに横領品のひとつふたつ、おふたりの邸から発見させれば完璧だと思っていたのですけど」

「…………」

菊月がじっと睨んでいる。

「それにしても少納言を殺そうとしたところを見られるとは。あれだけの横領品があれば、その確認だけでしばらく戻ってこないだろうと思ったのですけど」

「兼道どのの魂が蝶となって教えてくれました」

泰時はつまらなそうにした。

「ああ、菅原兼道か。元・名家に生まれて苦しんでいたから、わたしが手を差し伸べてあげたのに」

「やはりおぬしが……」と菊月が秀麗な顔に怒りの色を浮かべた。

泰時が眉をひそめる。

「そんな顔をしたら、せっかくの美形が台なしですよ。——話を戻しましょうね。兼道は、なんだかんだとよくやってくれましたよ。わたしのお使いでいろんな人にいろんな呪のやり方や知らせを伝えてくれました。それでか。死んで蝶に化けるなんて」

「化けたのではありません。彼の心はおぬしの悪事に染まっていなかったのです」

「くく。そうかもしれませんね。だから私腹を肥やす悪人の少納言のところから絹布を大量に盗んだ。悪人相手なら、悪事をしてもそれは正しいことになる」

菊月が呻《うめ》く。「こやつ、毒が強い……」

貞頼が叫ぶように言った。

「いつからそんなふうになってしまったのですか？」

「ずっと前からだよ」泰時は微笑んだまま答える。「昔はこう見えてまじめな検非違使だったのですけどね。けれども、あるとき捕縛した盗人どもの仲間がわたしを逆恨みして、わたしのいない邸を襲ったのです」

邸にいた妻と生まれたばかりの子が殺されたという。

「それは……」

貞頼が言葉を失っている。

「悲しかったし、悔しかった。検非違使という仕事をしていれば恨みを買うのも当然と思って耐えようともしました。でも、どうしても許せなかった」


そんなとき、どこかの法師陰陽師が近づいてきたのだという。

いまの時代は死罪がない。どんな非道も死をもって償わせることができない。それは理不尽だ。だから、この呪を授けてやろう――。

呪った相手を必ず鏖殺《おうさつ》する呪だという。

恐ろしさに泰時は震えた。

悩み、苦しみ、迷い、最後に泰時はその呪を行じた。

翌日、泰時の妻子を殺した盗人の仲間どもは羅城門《らじょうもん》の外で死んでいた。

あっけなかった。


「それで思ったのですよ。一見やさしいように見えて、死罪のないこの世では結局、やった者勝ち。悪のほうが強いのだ、と」

「そんなことはありません――」

と菊月が反論しようとするが、泰時は穏やかに無視してつづけた。

「昨日も今日も悪事はなくならず、明日もなくならないでしょう。男たちは殺され、女たちは犯され、童たちは飢えて死んでいく。どこにも救いがない悪がこの世の中にはいっぱいなのです。それならば、わたしが悪を司ることで、悪を統御してやって多少なりとも悪人どもの手綱が引けるなら、正義にかなうことではありませんか」

「それは違うっ」菊月は吠えた。「正義がないなんていうのは嘘です」

「ではそれを目に見せてください。仏も神も、目に見せてくれたら信じますよ」

仏神を疑う者がよく口にする言い回しだ。すでに自分が仏神を裁けるほどに偉くなっていると錯覚していることにまったく気づいていない……。

「たしかにこの世では正義も仏神も目に見えず、弱く思えるかもしれません。だからこそ、多くの人の努力で守り続けなければいけないのです」

泰時は深くため息をついた。

「よくあるつまらない答えです。陰陽師の菊月どのには期待していたのに」

「つまらなくても、正しいことは正しいのです」

「むしろつまらないことにこそ真理があるとでも？　まあ、人生なんてそんなものですよね」

泰時は少しずつ議論の矛先をずらしている――。

菊月が仏神の正しさと慈悲を信じているのに対して、泰時は最初から仏神も正義も慈悲も否定すると決めて話をしているのだ。

「やさしさも慈しみも目に見えないけれども、そこにあります。泰時どのだって妻子のいたときには知っていたはずです」

泰時が再び表情を消した。

「不用意にそのような話をしないでいただきたい。無礼には無礼で答えましょう。――兄弟子どのはどうやってあの公卿の烏帽子を手に入れたのでしょうね？」

菊月の全身の血が逆流する。視界が暗くなるほど、激しい怒りが噴出する。

兄弟子があの公卿の烏帽子を持っていたことは、菊月以外は誰も知らないはず。

知っている人物がいるとしたら、それは――。

「おぬしが兄弟子を――ッ」

泰時は答えず、笑顔で首をかしげてみせた。

菊月が懐から呪符を抜き放つ。

泰時は兄弟子の仇《かたき》だ。

この男が言葉巧みに兄弟子をそそのかし、真面目な兄弟子を狂わせたのだ。

あの兄弟子を転落させせられるほどの呪術者――。

だが、いまの菊月なら、渾身の法力で泰時を一瞬で屠《ほふ》ることができるだろう。

泰時は捕縛されても、調べにまともに対応しないだろうし、尋問相手を翻弄して逆に操るかもしれない。

おとなしく調べを受けたとしても、朝廷に死罪は下せない。流罪しかない。

ぬるい。

都から離れて監視の目のゆるい遠方なら、呪術を用いて逃亡するのは容易だろう。

野に放たれた泰時は、再びどこかで悪をなす。

そのとき涙を流すのは無辜《むこ》の民だ。

何よりも見逃せないのは、泰時にはまったく罪悪感がないことだ。

泰時は大真面目に自らのやることを主張している。自らが正しいと信じている。

ぬるい。

いまここで殺してしまわなければ――ッ。

菊月と泰時の目が合う。

泰時の笑みが広がった。

そのときだ。

「菊月ッ」

貞頼の声。

振り向いた菊月の頬が、高く鳴った。

「貞頼……？」

頬が熱い。

貞頼が菊月の頬をひっぱたいたのだ。

「悪の声に乗るな」

だが、菊月は美しく整った目をつり上げて、怒鳴った。

「邪魔をするなッ」

「ダメだ！　絶対に邪魔してやる！」

「誰かがこの男を止めなければいけないのですッ」

だが、貞頼は立ちはだかっている。

「あの人は俺の上役で、たくさんよくしてもくれた。だから殺さないでくれと言っているのではない。俺にはあの人の恩もあるけど、それ以上におぬしが大切なんだ！」

貞頼の両目から涙が噴き出した。

「貞頼――？」

「純白の狩衣、格好いいではないか。その狩衣のようにおぬしは白く清らかでなければいけない。陰陽師として正しくあるとはそういうことだろ？　それでこそ、弘成どのも喜んでくれるのではないのか？」

「…………ッ」

兄弟子の名を出されて、菊月の身体のこわばりが解ける。

「菊月がその白さを捨てて泰時を仕留めようとしているように、泰時は自分の命と引き換えに、菊月の魂を悪に引きずり込むつもりなんだ」

菊月は大きく息を吐いた。

わかってしまえばかんたんなことだった。

泰時にとっての勝ちは、菊月たちを殺すことではないのだ。

呪術で菊月を圧倒することでもない。

自分と同じく「この世に正しさも仏神の慈悲もない」と考える人間を増やせればいいのだ。

その毒牙にかかったのが、経平であり、弁内侍だったのではないか。

百鬼夜行もどきだって、蝕への恐怖をさらに人々のなかで煽って、「仏神に祈っても無駄なのではないか」と思わせることが目的だったのかもしれない。

山萩の一件も、本当に狙っていたのは山萩を何とかしようと観童丸が盗みに走ることだったとしたら――純真な童が悪童に堕すことだったとしたら、一連の事件にひとつの流れが見えてくるではないか。

その仕上げとして、貞頼の言葉どおり、「自分の命と引き換えに、菊月の魂を悪に引きずり込」ませようとしたのだ。

「わたしは――魔道に転落しかかっていたのですね。有り難う」

われを取り戻した菊月の様子に、泰時の顔がゆがんだ。

「せっかくわたしを殺してくれると思ったのに……。そういうつまらないことはきらいですッ」

泰時は太刀を振り上げ、貞頼に迫った。

「あぶない!!」

菊月が貞頼を突き飛ばす。

泰時の太刀が来る。呪は間に合わない。

「菊月!!」

貞頼が叫んだときだった。

菊月が泰時の顔をしたたかに殴りつけていた。

「なんだと……？」

「陰陽師にあるまじきやり方ですけど――わたし、兄弟子に鍛えられて、けんかも強いのです」

泰時が膝をつく。

すぐさま貞頼が捕縛した。

戒められた泰時に菊月が言った。

「おぬしも言ったとおり、都に死罪はありません。どこかへの遠罪になるでしょう」

泰時は悪態をつく。

「だから甘いのだ。だから――」

しかし、菊月は厳しい表情のまま続けた。

「流された先で、延々と屈辱と悔恨の日々を送りなさい。死なせないことのほうが、よほど厳しい罰なのだということが、骨身に沁《し》みるまで。死してのちは――地獄でその続きを味わいなさい」

と、菊月が仏菩薩の像のような目つきで泰時をじっと見つめる。
泰時は初めて恐れおののいた。

結び

菊月はひさしぶりに一条戻橋に立っていた。

「兄弟子の教えに、助けられました」

いや、伝えたいのはそういうことではない。

「わたし、兄弟子になんにもお返しできていないし、あのときだってもっとやり方があっただろうっていまも思ってて……」

風が吹いて、菊月の白い狩衣を揺らした。

「いま新しいお役目をいただいています。相棒は黒い狩衣を着た軽薄な検非違使で、いつもわたしの頰はひくつきっぱなしです。——でも、その男が言うのです。すべてつながってるって」

菊月は橋にそっと触れた。

「あのとき、貞頼がわたしと兄弟子のそばにいてくれたら、兄弟子はいまも元気だったと思う。それでもっともっと大勢の人を助けてくれていたと思う。……ごめんなさい」

菊月の涙が川面に落ちる。

「——わたし、忘れません。忘れたほうが楽なことも、ひとつ残らず。どんなことも」

だから、自分は陰陽師であり続けよう。女の身を純白の狩衣に覆い隠して——。


菊月が一条戻橋から離れる。

向こうの辻で貞頼が待っていた。

「もういいのか」

「はい」菊月は笑った。「さあ、今日も都を護りましょう」

「今日はどこから行く？」

「なにか相談があると陰陽頭が言っていたので、一度戻りましょう」

都の冬が深まっている。

大内裏の東、陽明門をくぐろうとしたところで、道の脇にいた者に声をかけられた。

「菊月さま。貞頼さま」

見れば深く笠をかぶった僧がいた。

誰だろうと見やると、僧が笠を持ちあげた。

「あ、おぬしは」

「雅長どの……？」

そこにいたのは弁内侍の双子の弟、雅長だった。

「阿弥陀如来の救いの本願に心を打たれ、姉にならって仏門を志すことにしました」

「すでに出家されたのですか」

「はい。法成寺で。いまは戒円《かいえん》と申します」

すると雅長――戒円は袂から手紙を取り出し、さらに後ろにある荷車を示した。

「実はこれらをおふたりにと、ある人から預かってきたのです」

「ある人？」

「お読みいただければわかります。――お会いできてよかった」

それだけを言うと戒円は去っていった。寺へ戻るという。

戒円を見送って、貞頼が荷車を確かめた。

そこには上等の絹布が山と積まれているではないか。

「おい、菊月。これは」

「もしかして」

菊月は慌てて手紙を開いた。

――この手紙を読んでいらっしゃるときには、わたしはすでにこの世を去っているでしょう。腹を切られたわたしをわざわざ運んでくださったのに、おふたりの前から姿を消し、このような形で最後に挨拶をするご無礼をなにとぞお許しください。

菅原の家に生まれたわたしでしたが、父の代にはほぼ無位となっていました。父は、せめてわたしだけはと、ほうぼうの貴族に掛け合って、結局、少納言・高階国章の口利きでわたしを式部省に入れてくれました。

わたしが役人になってすぐ、両親は流行病《はやりやまい》で亡くなりました。後ろ盾のなくなったわたしはすぐに散位寮に異動となりましたが、少納言はあれこれ支援をしてくださったので、日々に不満はありませんでした。

しかし、やがて少納言はわたしによからぬことを教えました。

それは民からの収奪であり、賄賂の受け取り方であり、人に言えぬ財の貯め方でした。

少納言にさせられた仕事には、朝廷の秘密の漏洩《ろうえい》や禁じられた呪いの品などを運ぶことも含まれています。

あの少納言はわたしにそのような汚い仕事を押しつけ、私腹を肥やす道具としてわたしを生かしていたのです。

お世話になったからとこれまで従っていましたが、中納言・藤原時久さまの最期を見て——中納言さまに呪術者との仲立ちをしたのもわたしでしたが——わたしは心の糸が切れてしまいました。

もううんざりです。

せめて、少納言に一泡吹かせたいと、奴が貯め込んでいた高価な絹布を盗んで逃げることにしたのです。

盗んだ絹布はこれからの生活の糧にと思っていましたが、この傷ではもう助からないでしょう。

そう思ったときに、わたしは願ったのです。最後にひとつだけでもいいから、誰かの役に立ちたい、と。

できるなら、この絹布を寺社に寄進して僧俗の役に立てればとも思ったのですが、盗んだ絹では穢れがあって寄進できません。善行すら積めぬこの生、お笑いください。

それどころか、わたしが迷惑をかけた雅長どのにこれらをおふたりに届けていただくわがままを聞いてもらうことになろうとは。どれほど罪深いわが身なのでしょうか。

菊月さま。貞頼さま。

お許しいただけるなら、誰かのためにこの絹布はいかようにでもお使いください。それのみが、愚かだったわたしの最後の、唯一の願いです――

手紙はそこで終わり、最後に「南無阿弥陀仏」という念仏の名号と「菅原兼道」と署名がされていた……。


兼道が残した絹布は、菊月と貞頼によって貧民救済の施設である悲田院《ひでんいん》に寄進された。

「あれだけあれば、今年の冬は飢える者はでないでしょう」

寄進の帰りに菊月がそう言うと、貞頼がにやりと笑った。

「それで十分なのに、東寺に不動明王像を寄進することにしたのだろ？」

兼道が手紙で言っていたように、盗んだ絹布では寄進ができない。

だから、菊月が自分の財で兼道の代わりに寄進することにしたのだった。

「そういうおぬしも、少し財を出したではないですか」

「悪を懲らしめ、人びとを救う不動明王――。検非違使の俺にぴったりだと思ってね」

「……意外に悟ったことを言いますね。陰陽師の修行をしてみますか？」

「遠慮しておくよ」

不動明王の憤怒はただの怒りではない。

それは悪に苦しむ衆生を救いたいという御仏の慈悲が転化したもの。

釈迦大如来はあらゆる手段を駆使して世を慈しみ、人々を助けたいと願っているのだという表れが不動明王の働きだった。

「そういえば、わたしの牛車が直って戻ってきました」

「お。いいな。これで移動が楽になる」

「乗せませんよ？　また壊されたら嫌ですから」

「ひどいではないか」

「猪より速く走れるのですから、大丈夫ですよね」

白の陰陽師と黒の検非違使の耳に、助けを求める声が聞こえた。

ふたりは声のするほうへ走りだす。

京の空に雪がちらつきはじめていた。

この物語はフィクションです。
実在の人物、団体等とは一切関係がありません。
本書は書き下ろしです。

遠藤遼先生へのファンレターの宛先

〒101-0003　東京都千代田区一ツ橋2-6-3　一ツ橋ビル2F
マイナビ出版　ファン文庫編集部
「遠藤遼先生」係

ファン文庫

とりかえばや陰陽師と
はぐれ検非違使

2025年2月20日　初版第1刷発行

著　者　　遠藤遼
発行者　　角竹輝紀
編　集　　定家励子（株式会社imago）
発行所　　株式会社マイナビ出版
〒101-0003　東京都千代田区一ツ橋2丁目6番3号　一ツ橋ビル2F
TEL 0480-38-6872（注文専用ダイヤル）
TEL 03-3556-2731（販売部）
TEL 03-3556-2735（編集部）
URL https://book.mynavi.jp/

イラスト　　春野薫久
装　幀　　太田真央＋ベイブリッジ・スタジオ
フォーマット　ベイブリッジ・スタジオ
ＤＴＰ　　富宗治
校　正　　株式会社鷗来堂
印刷・製本　中央精版印刷株式会社

 ISBN978-4-8399-8728-2
Printed in Japan

Fan
ファン文庫

百鬼の花嫁

気高き鬼の姫と怜悧な軍人の
政略結婚の顛末とは……？

鬼と人間の間に生まれた花燐は、寒村の粗末な家で暮らしていた。ある日、都築黎人と名乗る軍人がやってきて、人間と妖怪の和平ための政略結婚を申し出る。人間と妖怪の、種族を超えた恋を描くレトロファンタジー。

著者／織都
イラスト／大庭そと